U0840252

我不认为我们能够继续在地球上存在 1 000 年，除非逃离这颗脆弱的星球。我们要仰望星辰，而不是始终盯着自己的脚。
——著名科学家 斯蒂芬·霍金

吞食者
Devouring The Earth

刘慈欣 王晋康 著

中国经济出版社
CHINA ECONOMIC PUBLISHING HOUSE

图书在版编目（CIP）数据

吞食者：全彩插图精装版 / 刘慈欣，王晋康著 . --北京：中国经济出版社，2023.7
（银河少年科幻名家通识启蒙系列）
ISBN 978 - 7 - 5136 - 7387 - 7

Ⅰ. ①吞… Ⅱ. ①刘… ②王… Ⅲ. ①幻想小说—小说集—中国—当代 Ⅳ. ① I247.7

中国国家版本馆 CIP 数据核字 (2023) 第 130448 号

责任编辑　龚风光
责任印制　马小宾
封面设计　平　平

出版发行　中国经济出版社
印 刷 者　三河市九洲财鑫印刷有限公司
经 销 者　各地新华书店
开　　本　787mm × 1092mm　1/16
印　　张　11
字　　数　120 千字
版　　次　2023 年 7 月第 1 版
印　　次　2023 年 7 月第 1 次
定　　价　45.00 元
广告经营许可证　京西工商广字第 8179 号

中国经济出版社 **网址** www. economyph. com **社址** 北京市东城区安定门外大街 58 号 **邮编** 100011
本版图书如存在印装质量问题，请与本社销售中心联系调换（联系电话：010 - 57512564）

目 录

人和吞食者 刘慈欣

— 001 —

诗 云 刘慈欣

— 041 —

爱因斯坦赤道 刘慈欣

— 077 —

“夸父号”环宇旅行记 王晋康

— 111 —

波江座晶体

即使距离很近，上校也不可能看到那块透明晶体。它飘浮在漆黑的太空中，如同一块沉在深潭中的玻璃。上校凭借着晶体扭曲的星光确定其位置，但很快在一片星星稀疏的背景上丢失了它。突然，远方的太阳变形扭曲了，那永恒的光芒也变得闪烁不定。他吃了一惊，但以“冷静的东方人”著称的他并没有像飘浮在旁边的十几名同事那样惊叫。他很快明白，那块晶体就在他们和太阳之间，距他们十几米，距太阳一亿千米。以后的三个多世纪里，这诡异的景象时常出现在他的脑海中，他真怀疑这是不是未来人类命运的一个先兆。

作为联合国地球防护部队在太空中的最高指挥官，他率领了一支小小的太空军队，这支军队装备着人类有史以来当量最大的热核武器，敌人却

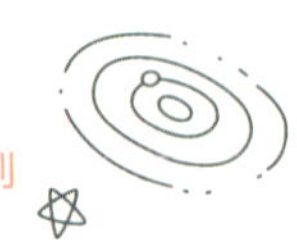

是太空中没有生命的大石块。在预警系统发现有威胁地球安全的陨石和小行星时，他的部队就负责使其改变轨道或摧毁它们。这支部队在太空中巡逻了二十多年，从来没有一次使用这些核武器的机会。那些足够大的太空石块似乎都躲着地球走，故意不给他们创造辉煌的机会。但现在，晶体在两个天文单位外被探测到，它精确地沿着一条绝非自然形成的轨道飞向地球。

上校和同事们谨慎地向晶体靠近，他们太空服上推进器的尾迹像条条蛛丝把晶体缠在正中。就在上校与它的距离缩小至不到十米时，晶体的内部突然出现了迷雾般的白光，使它那规则的长梭状轮廓清晰地显示出来。它大约有三米长，再近一些，还可以看到其内部像是推进系统的错综复杂的透明管道。当上校把戴着太空手套的右手伸向晶体表面，以进行人类与外星文明的首次接触时，晶体再次变得透明，内部浮现出一幅色彩亮丽的影像。那是一个卡通小女孩，眼睛像台球那么大，长发直到脚跟，同漂亮的长裙一起像在水中一般缓缓漂动着。

“警报！呀！警报！吞食者来了！”她惊慌失措地大叫着，大眼睛盯着上校，一只细而柔软的手臂指向与太阳相反的方向，像在指一条追着她的大狼狗。

“那你是从哪里来的呢？”上校问。

“波江座 ε 星——你们好像是这么叫的。按你们的时间，我已经飞行了六万年……吞食者来了！吞食者来了！”

“你有生命吗？”

“当然没有，我只是一封信……吞食者来了！吞食者来了！”

“你怎么会讲英语？”

“路上学的……吞食者来了！吞食者来了！”

“那你这个样子是……”

“路上看到的……吞食者来了！吞食者来了！呀，你们真不怕吞食者吗？”

“吞食者是什么？”

“样子像个大轮胎，呵，这是按你们的比喻。”

“你对我们世界的东西真熟悉。”

“路上熟悉的……吞食者来了！”

波江女孩喊叫着，闪到晶体的一端。在她腾出的空间里出现了那个“轮胎”的图像，它确实像轮胎，表面发着磷光。

“它有多大？”另一名军官问。

“总直径为五万千米，‘轮胎’宽为一万千米，内圆直径为三万千米。”

“你说的‘千米’是我们的长度单位吗？”

“当然是！它大着呢，可以把一颗行星套进去，就像你们的轮胎可以套一个足球一样。套住那颗行星后，它就掠夺行星的资源，把它吸干榨尽后吐出去，就像你们吃水果吐核儿一样……”

“我们还是不明白吞食者到底是什么。”

“一艘世代飞船。我们不知道它从哪里来，要到哪里去。事实上，驾驶吞食者的那些大蜥蜴肯定也不知道。它已在银河系中飘行了几千万年，它的拥有者一定早已忘记了它的本源和目的。但可以肯定，它被创造出来时远没有那么大。它是靠吃行星长大的，我们的行星就被它吃了！”

这时，晶体中显示的吞食者在变大，渐渐占满了整个画面，显然正在

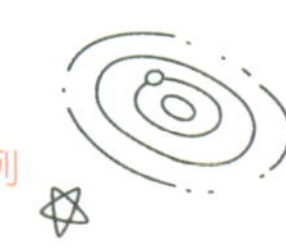

向摄像者的世界缓缓降下。现在，在这个世界居民的眼中，大地仿佛处于一口宇宙巨井的井底，太空就是一圈缓缓转动的井壁，可以看清井壁表面的复杂结构。

这让上校想到了在显微镜下看到的微处理器的电路，后来他发现那是连绵不断的城市。再向上，井壁的顶端是一圈蓝色光焰，在天空中形成一个围绕着群星的巨大火圈。波江女孩告诉他们，那是吞食者尾部的环形推进发动机。在晶体的一端，女孩手舞足蹈，她那飘飘的长发也像许多只挥动的手臂，极力表达着她的惊恐。

“这就是波江座 ε 星的第三颗行星被吞食时的情形。那时你要是身在我们的世界，第一个感觉是身体在变轻，这是由于吞食者的巨大质量产生的引力抵消了行星引力所致。这引力的扰动产生了毁灭性的灾难——海洋先是涌向行星朝向吞食者的那一极；当行星被套人‘轮胎’后，海洋又涌向赤道，产生的巨浪能够吞没云层；接着，引力出现异常，大陆像薄纸一样被撕成碎片，火山在海底和陆地密密麻麻地出现……当‘轮胎’套到行星的赤道时，吞食者便停止推进。此后，它会相对于恒星的轨道运动并始终与行星保持同步，直到把这颗行星完全含在口里。

“这时，对行星的掠夺开始了。无数条上万千米长的缆索从井壁伸到行星表面，使行星如同一只被蛛网粘住的虫子。巨大的运载舱频繁地往来于行星表面与井壁之间，运走行星上的海水和空气，更有无数大机器深深地钻进行星的地层，狂采吞食者需要的矿藏……由于吞食者的引力与行星引力相互抵消，行星与‘轮胎’之间的一圈空间是低重力区，这使行星向吞食者的资源运输变得很容易，大掠夺因此有很高的效率。

“按地球时间，吞食者对被吞入的每颗行星大约要‘咀嚼’一个世纪。在这段时间里，行星上包括空气在内的资源被掠夺一空。同时，由于‘轮胎’长时间的引力作用，行星渐渐被拉得扁平，最后变成……还用你们的比喻吧——铁饼状。当吞食者最后移走，‘吐出’这颗已被榨干的行星时，行星的形状会恢复成球形，这又引发了最后一场全球范围的地质灾难。这时，行星的表面呈现出其几十亿年前刚刚形成时的熔岩状态，早已成了一个没有任何生命的地狱了。”

“吞食者距太阳系还有多远？”上校问。

“它紧跟在我后面。按你们的时间，再有一个世纪就到了。警报！吞食者来了！吞食者来了！”

使者大牙

正当人们为波江晶体带来的信息是否可信而争论不休时，吞食者的一艘先遣小型飞船进入了太阳系，最后到达地球。

首先与之接触的，仍是上校率领的太空巡逻队，但这次接触的感觉与上次同波江晶体的接触完全不同。如果说玲珑剔透的波江晶体代表了一种纤细精致的技术文明，那么吞食者飞船则相反，它的外形极其粗陋笨重，如同被遗弃在旷野中一个世纪的大锅炉，令人想起凡尔纳描述的粗放的大机器时代。吞食帝国的使者也同样粗陋笨重，他那蜥蜴状的粗壮身躯披着

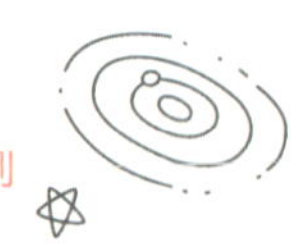

大块的石板般的鳞甲，直立起来有近十米高。他自我介绍的名字发音为“达雅”，但按他的外形特点和后来的行为方式，人们管他叫“大牙”。

当大牙的小型飞船在联合国大厦前着陆时，发动机把地面撞出了一个大坑，飞溅的石块把大厦打得千疮百孔。由于外星使者太高大，无法进入会议大厅，各国首脑就在大厦前的广场上与他见面，他们中的几个人用手帕捂着刚才被玻璃和碎石划破的头。大牙每走一步，地面都颤抖一下。他说话时的声音像十台老式火车头同时鸣笛，让人头皮发炸。挂在他胸前的一个外形粗笨的翻译器把他的话译成英语（也是路上学的），那是一个粗犷的男声，音量虽比大牙低了许多，但仍然让听者心惊肉跳。

“呵呵，白嫩的小虫虫，有趣的小虫虫。”大牙乐呵呵地说。人们捂住耳朵，等他轰鸣着说完，然后稍微放开耳朵，继续听着翻译器里的声音，“我们有一个世纪的时间相处，相信我们会互相喜欢对方的。”

“尊敬的使者，您知道，我们现在最关心的，是您那伟大的母舰到太阳系的目的。”联合国秘书长仰望着大牙说。尽管他在大喊，但声音听起来仍像蚊子叫。

大牙做了一个类似于人类立正的姿势，地面为之一颤，“伟大的吞食帝国将吃掉地球，以便继续它壮丽的航程，这是不可改变的！”

“那么人类的命运呢？”

“这正是我今天要决定的事。”

元首们纷纷交换目光，秘书长点点头，“这确实需要我们进行充分的交流。”

大牙摇摇头，“这是一件十分简单的事情，我只需要品尝一下——”说着，他伸出强壮的大爪，从人群中抓起一个欧洲国家的首脑，从三四米远处优雅地扔进嘴里，细细地嚼了起来。不知是出于尊严还是过度恐惧，那个牺牲品一直没有叫出声，只听到他的骨骼在大牙嘴里碎裂时清脆的咔嚓声。

半分钟后，大牙“噗”的一声吐出那人的衣服和鞋子。衣服虽然浸透了血，但几乎完好无损。这时，不止一个旁观者联想到了人类嗑瓜子时的情形。

整个地球一时间陷入一片死寂，这寂静似乎无限期地持续着，直到被一个人类的声音打破——

“您怎么拿起来就吃啊？”站在人群后面的上校问。

大牙向他走去，人群散开一条道。这个庞然大物“咚咚”地走到上校面前，用一双篮球大小的黑眼睛盯着他：“不行吗？”

“您怎么这么肯定他能吃呢？一个相距如此遥远的星球上的生物能被食用，从生物化学上讲几乎是不可能的。”

大牙点点头，大嘴一咧，做出类似于笑的表情：“我一开始就注意到你了。你一直冷眼看着我，若有所思。你在想什么？”

上校也笑笑：“您呼吸我们的空气，通过声波说话，有两只眼睛、一个鼻子、一张嘴，还有四条对称的肢体……”

“这不可理解吗？”大牙把巨头凑近上校，喷出一股让人作呕的血腥气。

“是的，因为太好理解所以不可理解。我们不应该这么相似。”

“我也有不理解之处，那就是你的冷静。你是军人？”

“我是一名保卫地球的战士。”

“哼，不过是推开一些小石头而已，那能让你成为真正的战士？”

“我准备接受更大的考验。”上校庄严地昂起头。

“有趣的小虫虫。”大牙笑着点点头，直起身来，“我们还是回到正题吧：人类的命运。你们的味道不错，有一种滑爽的清淡，很像我在波江座行星上吃过的一种蓝色浆果。所以祝贺你们，你们的种族将延续下去——你们将作为一种小家禽在吞食帝国被饲养，到六十岁左右上市。”

“您不觉得那时我们的肉太老了吗？”上校冷笑着说。

大牙大笑起来，声音如火山爆发：“哈哈哈哈，吞食人喜欢有嚼头儿的小吃。”

蚂　　蚁

联合国又同大牙进行了几次接触，虽然再没有人被吃掉，但关于人类命运的谈判结果都一样。

人们把下一次会面精心安排在非洲的一处考古挖掘现场。

大牙的飞行器准时在距挖掘现场几十米处降落，同每次一样，他的降落就像是一场大爆炸，震耳欲聋，飞沙走石。据波江女孩介绍，大牙的飞行器是由一台小型**核聚变**发动机驱动的。对于有关吞食者的信息，她一解释，人类科学家就立刻明白了。但波江人的技术却令地球人很迷惑，比如那块晶体，着陆后便在空气中融化，最后与星际航行有关的推进部分全融化掉了，只剩下薄薄的一片，在空气中轻盈地飘行。

大牙来到挖掘现场时，有两个联合国工作人员抬着一本一米见方的大画册递给他。画册是按他的个头儿精心制作的，有上百页精美的彩图，内容是人类文明的各个方面，很像一本儿童启蒙教材。在挖掘现场的大坑旁，一名考古学家绘声绘色地讲述着地球文明的辉煌历程。他竭力想让外星人明白这颗蓝色行星上有太多值得珍惜的东西，说到动情处，考古学家声泪俱下，好不凄惨。最后，他指着挖掘现场的大坑说：“尊敬的使者，您看，这是我们刚刚发现的一处城市遗址，是迄今为止发现的最早的人类城市，距今已有近五万年。你们真的忍心毁灭一个历经五万年岁月、一点一滴地发展到今天的灿烂文明？”

大牙在这个过程中一直翻看着画册，好像觉得那是一件很好玩的东西。考古学家的最后一句话让他抬起头来看了看大坑，“呵，考古虫虫，我对这个坑和坑里的旧城市不感兴趣，倒是很想看看从坑里挖出的土。”他指了指大坑旁边一个几米高的土堆。

知识点拓展

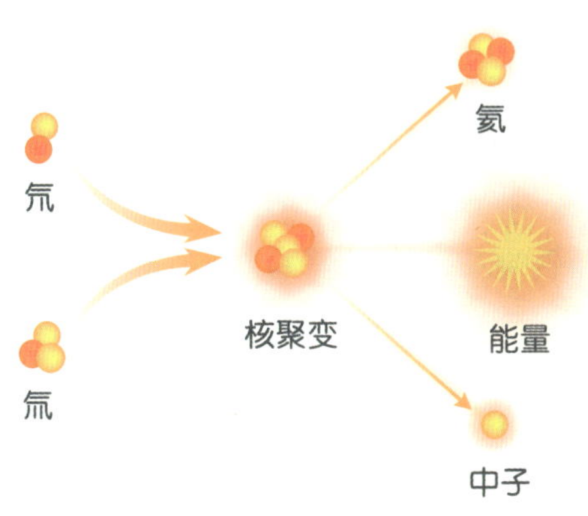

核聚变：也称聚变反应或热核反应，是一种核反应的形式，即轻原子核（如氘和氚）结合成较重原子核（如氦）时放出巨大能量。热核反应是氢弹爆炸的基础，如能使热核反应在一定约束区域内有控制地产生与进行，即可实现受控热核反应。受控热核反应是聚变反应堆的基础，聚变反应堆一旦成功，则可以提供最清洁的、取之不尽的能源。

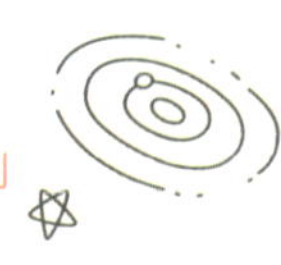

听完翻译器中的话，考古学家很迷惑，“土？那堆土里什么也没有啊。”

“那是你的看法。”大牙说着走到土堆旁，蹲下高大的身躯，伸出两只大爪在土里挖了起来。人们围成一圈看着，惊叹他那看似粗笨的大爪的灵活。他拨动着松土，不时拾起什么极小的东西放到画册上。就这样专心致志地干了十多分钟后，他捧着画册直起身来，走到人们面前，让大家看画册上的东西。

上百只蚂蚁，有的活着，有的已经死了，蜷成一团，仔细辨认才能看出是什么。

“我想讲一个故事，”大牙说，“关于一个王国的故事。这个王国的前身是一个更大的帝国，帝国国民的先祖可以追溯到地球白垩纪末期。在恐龙高耸入云的骨架下，先祖建起帝国宏伟的城市……但那段历史太久远了，帝国最后一世女王能记起的，就是冬天的降临。在那漫长的冬天里，大地被冰川覆盖，失去已延续了上千万年的生机，生活变得万分艰难。

“从最后一次冬眠醒来后，女王只唤醒了帝国不到百分之一的成员，其他的都已在寒冷中长眠，有的已变成透明的空壳。女王摸摸城市的墙壁，冷得像冰块，硬得像金属。她知道这是冻土——在这严寒时代中，它夏天都不会化。女王决定离开这片先祖留下的疆域，去找一块不冻的土地建立新的王国。

“于是，女王率领所有的幸存者来到地面，在高大的冰川间开始艰难的跋涉。大部分成员在漫漫的路途中死于严寒，但女王与不多的幸存者终于找到了一块不冻土，那是一块溢出温暖的土地。女王当然不明白，为什么在这严寒世界中有这么一小片潮湿柔软的土地。但她对能到达这里并不感到意外：一个延续了六千万年的种族是不会灭绝的！

“面对冰川纵横的大地和昏暗的太阳，女王宣布要在这里建立一个新的伟大的王国，它将延续万代！她站在一座高大的白色山峰下，把这个新王国命名为‘白山王国’。那座白色山峰是一头猛犸象的头骨。这是第四纪冰川末期的一个正午，这时的人类虫虫还是零星地龟缩在岩洞中发抖的愚钝动物。九万年之后，你们文明的第一点烛光才在另一个大陆的美索不达米亚平原上出现。

“以附近冰冻的猛犸象遗体为生，白山王国度过了一万年的艰难岁月。之后，地球冰期结束，大地回春，各大陆又重新披上了生命的绿色。在这新一轮的生命大爆炸中，白山王国很快达到了鼎盛，拥有数不清的国民和广大的疆域。在其后的几万年中，王国经历了数不清的朝代，创造了数不清的史诗。”

大牙指指眼前的大坑，“这就是那个王国最后的位置。在考古虫虫专心挖掘下面那已死去五万年的城市时，并没有想到在它上面的土层中还有一个活着的城市。它的规模绝不比纽约小，后者只是一个二维的平面城市，而它是一座宏大的立体城市，有很多层。每一层都密布着迷宫般的街道，有宽阔的广场和宏伟的宫殿。整座城市的供排水系统和消防系统的设计也比纽约高明得多。城市中有着复杂的社会结构、严格的行业分工，整个社会以一种机器般的精密和协调高效地运转着，不存在吸毒和犯罪问题，也没有沉沦和迷茫。但王国的国民并非没有感情，当有国民死亡时，它们表现出长时间的悲伤。它们甚至还有墓地，位于城市附近的地

面上，掩埋深度为三厘米。最值得说明的是：在城市的底层有一个庞大的图书馆，收藏着数量巨大的卵形小容器——那是一本本书——每个容器中都装有成分极其复杂的化学味剂，用其复杂的成分记录着信息。这里有对白山王国漫长历史的史诗般的记载：你能看到在一次森林大火中，王国的所有国民抱成无数个团，顺一条溪流漂下，逃出火海的壮举；还能看到王国与白蚁帝国长达百年的战争史；还有王国的远征队第一次看到大海的记载……

“但所有这一切都在三个小时之内被毁灭。当时，在惊天动地的轰鸣声中，挖掘机那遮盖了整片天空的钢铁巨掌凌空劈下，把包含着城市的土壤一把把抓起。城市和其中的一切在巨掌中被碾得粉碎，包括城市最下层的孩子和将成为孩子的几万只雪白的卵。”

听罢，地球世界再一次陷入死寂之中，这次的寂静比大牙吃人的那一次延续得更长。面对外星使者，人类第一次无话可说。

大牙最后说：“我们以后有很长的时间相处，有很多的事要谈，但不要再从道德角度谈了。在宇宙中，那东西没意义。”

加　速　度

大牙走后，考古现场的人们仍沉浸在迷茫和绝望之中。又是上校首先打破了寂静，对周围的各国政要说：“我知道自己是个小人物，只是因为两次首先接触外星文明而有幸亲临这样的场合。我只想说两句话：一、大牙是对的；二、人类的唯一出路是战斗。”

“战斗？唉，上校，战斗……”秘书长苦笑着摇头。

“对，战斗！战斗！战斗！”波江女孩大喊。此时，她所在的晶体片正飘飞在人们头上几米高处。阳光下的晶体中，那长发女孩正在兴奋地手舞足蹈。

有人说：“你们波江人也战斗了，结果怎么样？人类得为自己种族的生存着想，我们并没有义务满足你那变态的复仇欲望。”

“不，先生，”上校对所有人说，“波江人是在对敌人完全陌生的情况下进行自卫战争的，加上他们本来就是一个历史上完全没有战争的社会，所以失败是不奇怪的。但在这场长达一个世纪的惨烈战争中，他们对吞食者有了细致深刻的了解。现在，他们掌握的大量资料通过这艘飞船送到了我们手中，这就是我们的优势。

“冷静地研究这些资料，我们发现吞食者并没有最初想象的那么可怕。首先，除了不可思议的庞大形体外，吞食者并没有太多超出人类知识范畴的东西。就生命形式而言，吞食人——据说在‘轮胎’上居住着上百亿个——与地球人一样是碳基生物，且其生命在分子层次的构造上与我们十分相似。人类与敌人拥有相同的生物学基础，我们有可能真正深刻地理解它们的各个方面，这比我们面对一群由力场和**中子星**物质构成的入侵者要幸运多了。

“更让我们宽慰的是，吞食者并没有太多的‘超技术’。吞食人的技术比人类要先进许多，但这主要表现在技术的规模上，而不是理论基础上。

吞食者的推进系统的能量来源主要是核聚变，它所掠夺的行星水资源除了用于吞食人的生活外，主要是被作为聚变燃料。吞食者发动机的推进方式也是基于动量守恒的反冲方式，并没有时空跃迁之类玄妙的玩意儿……这些信息可能会使科学家深感失落，因为吞食者的文明毕竟延续了几千万年，它的技术层次也代表了科学发展的极限。但与此同时，我们也可以知道，敌人不是不可战胜的神。"

秘书长说："仅凭这些，就能使人类树立起必胜的信心吗？"

"当然还有许多具体的信息，使我们能够制定出一个成功率较高的战略，比如……"

知识点拓展

中子星：又名波霎、脉冲星，是目前已知除黑洞外密度最大的星体，每立方厘米的质量可达十亿吨，半径十千米的中子星的质量与太阳的质量相当。同白矮星一样，中子星是处于演化后期的恒星，是在老年恒星的中心形成的。

“加速度！加速度！”波江女孩在人们头顶大叫。

上校对周围迷惑的人们解释说：“从波江人送来的资料看，吞食者航行的加速度有一个极限。在长达两个世纪的观察中，他们从未发现它突破过这个极限。为证实这一点，我们根据波江座飞船送来的其他资料，如吞食者的结构和构成它的材料的强度等，建立了一个数学模型，模型的演算证实了波江人对吞食者加速度极限的观察。这个极限是由它的结构强度所决定的，一旦超出，这个庞然大物就会被撕裂。”

“那又怎么样？”一位大国元首问道。

“我们应该冷静下来，用自己的脑子好好想想。”上校微笑着说。

月球避难所

人类与外星使者的谈判终于有了一点点进展，大牙对人类关于月球避难所的要求做出了让步。

“人是恋家的动物。”在一次谈判中，秘书长眼泪汪汪地说。

“吞食人也是，虽然我们没有家。”大牙同情地点点头。

“那么，能否让我们留下一些人，等伟大的吞食帝国吃完再吐出地球后，待它的地质结构稳定下来，再回来重建我们的文明？”

大牙摇摇头：“吞食帝国吃东西是吃得很干净的，那时的地球将比现在的火星还荒凉，凭你们虫虫的技术能力，不可能重建文明。”

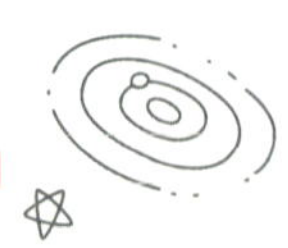

"总得试试吧，这样我们的灵魂才会安宁。特别是在吞食帝国上被饲养的那些小家禽，如果他们记得在遥远的太阳系还有一个家，会多长些肉的，虽然这个家不一定真的存在。"

大牙点点头："可是当地球被吞下时，这些人去哪儿呢？除了地球，我们还要吃掉金星，木星和海王星太大了，我们吃不下，但要吃它们的卫星，吞食帝国需要上面的碳氢化合物和水；连贫瘠的火星和水星我们也想嚼一嚼，我们想要上面的二氧化碳和金属。这些星球的表面将是一片火海。"

"我们可以去月球避难。据我们所知，吞食帝国在吃地球之前要把月球推开。"

大牙又点点头："是的，由吞食帝国和地球组成的联合星体引力很大，有可能使月球坠落在大环表面，这种撞击足以毁灭帝国。"

"那就对了，让我们的一些人住到月球去吧。这对你们也没有太大损失。"

"你们打算留多少人？"

"从维持一个文明的最低限度着想，十万吧！"

"可以，但你们得干活儿。"

"干活儿？什么活儿？"

"把月球从地球轨道推开，这对我们来说也是一件很麻烦的事。"

"可是……"秘书长绝望地抓着头发，"您这等于拒绝了人类这点儿小小的可怜要求——您知道我们没有这种技术力量的！"

"呵，虫虫，那我不管。再说，不是还有一个世纪吗？"

播种核弹

在泛着白光的月球平原上，一群穿着太空服的人站在一个高高的钻塔旁边。吞食帝国高大的使者站在更远一些的地方，仿佛是另一个钻塔。他们注视着一个钢铁圆柱体从钻塔顶端缓缓落下，沉入钻塔下的深井中。吊索飞快地向井中放了下去，三十八万千米外的整个地球世界都在注视着这一幕。当放置物到达井底的信号传来时，包括大牙在内的所有观察者都鼓起掌来，庆祝这一历史性时刻的到来。

推进月球的最后一颗核弹已经就位，这时，距波江晶体和吞食帝国使者到达地球已有一个世纪。

这是令人绝望的一个世纪，人类在进行着痛苦的奋斗。

上半个世纪，全世界竭尽全力建造月球推进发动机，但这种超级机器始终没能建成。那几台实验用的样机只是给月球表面增加了几座废铁高山，还有几个在试运行时被核聚变的高温熔化成一片钢水的湖泊。人类曾向吞食帝国使者请求技术支援，因为推进月球需要的发动机还不及吞食者上那无数超级发动机的十分之一大。但大牙不答应，还讥讽道：“别以为知道了核聚变就能造出行星发动机，造出爆竹离造出火箭还差得远呢。其实，你们完全没有必要费这么大劲儿。在银河系，一个文明成为另一个更强大文明的家禽是很正常的。你们会发现被饲养是一种多么美妙的生活，衣食无忧，快乐终生，有些文明还求之不得呢。你们感到不舒服，完全是陈腐的

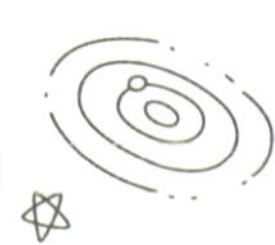

人类中心论在作怪。”

于是，人类把希望寄托在波江晶体上，但这个希望同样落空了。波江文明是沿着一条与地球和吞食者完全不同的技术路线发展的，他们的所有技术力量都来自本星的生物，比如这块晶体，就是波江行星海洋中的一种浮游生物的共生体。对于他们世界中生命的这些奇特能力，波江人只是组合和利用，并不知其深层的秘密，而一旦离开本星的生物，波江人的技术就寸步难行了。

浪费了宝贵的五十多年后，绝望的人类突然想出了一个极其疯狂的月球推进方案。这个方案首先由上校提出，当时他是月球推进计划的主要领导人之一，军衔已升为元帅。这个方案尽管疯狂，技术上的要求却并不高，人类已有的技术完全可以达到，以至于人们惊奇为什么没有早点儿想到它。

新的推进方案很简单，就是在月球的一面大量埋设核弹。这些核弹的埋设深度一般为三千米左右，其埋设的密度以不被周围核弹的爆炸所摧毁为标准。这样，人类将在月球的推进面埋设五百万枚核弹。与这些热核炸弹的当量相比，人类在“冷战”时期所制造的威力最大的核弹只能算常规武器。因此，当这些埋在月球地下的超级核弹爆炸时——与以前的地下核试验中被窒息在深洞中的核爆炸完全不同，会将上面的地层完全掀起炸飞。在月球的低重力下，被炸飞的地层岩石会达到**逃逸速度**，脱离月球，冲进太空，进而对月球本身产生巨大的推进力。如果每一时刻都有一定数量的核弹爆炸，这种脉冲式的推进力就会变得连续不断，等于给月球装上了强劲的发动机。而使不同位置的核弹爆炸，就可以操纵月球的飞行方向。方案还计划在月面下埋设两层核弹，另一层在第一层之下，约六千米深度。

当上层核弹耗尽、月球推进面被剥去三千米厚的一层时，第二层能接着被不断引爆，使“发动机”的运行时间延长一倍。

当晶体中的波江女孩听到这个方案时，认为人类真的疯了：“现在我知道，如果你们有吞食者那样的技术力量，会比他们还野蛮！”

但这个方案使大牙赞叹不已：“呵呵，虫虫们竟能有这样美妙的想法，我喜欢，喜欢它的粗野，粗野是最美的！”

“荒唐！粗野怎么会美？”波江女孩反驳说。

“粗野当然美，宇宙就是最粗野的！漆黑寒冷的深渊中燃烧着狂躁的恒星，不粗野吗？宇宙是雄性的，明白吗？像你们那种文明，那种弱不禁风的精致和纤细，只是宇宙小角落中一种微不足道的病态而已。”

知识点拓展

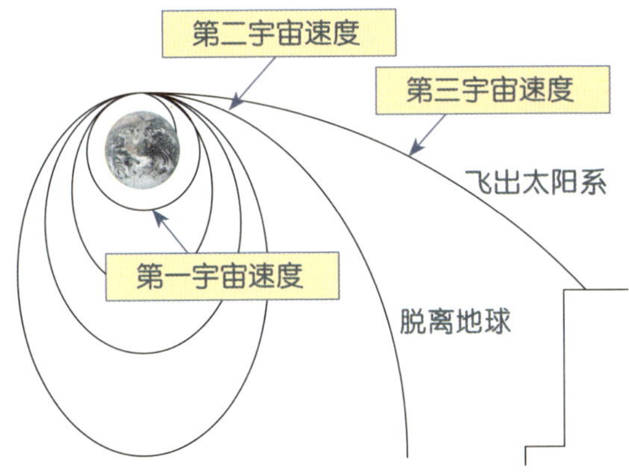

逃逸速度：指第二宇宙速度，天体表面上物体摆脱该天体万有引力的束缚飞向宇宙空间所需的最小速度。例如，地球的逃逸速度为 11.2 千米 / 秒。

一百年过去了，大牙仍然生机勃勃，晶体中的波江女孩仍然鲜艳动人，但元帅感受到了岁月的力量。一百三十五岁，他已是老年人了。

这时，吞食者已越过冥王星轨道，从由波江座 ε 星开始的六万年漫长航行中苏醒了。太空中那个巨大的“轮胎”变得灯火辉煌，庞大的社会运转起来，准备好了对太阳系的掠夺。

吞食者掠过外行星，向地球扑来。

人类的第一次和最后一次星战

月球脱离地球的加速开始了。

推进面的核弹开始爆炸时，月球正处于地球白昼的一面。每次爆炸的闪光，都会让月球在蓝天上短暂地映现一下，天空中仿佛出现了一只不断眨巴的银色眼睛。入夜后，月球一侧的闪光传过近四十万千米仍能在地面上映出人影。月球的后面还能看到一条淡淡的银色尾迹，它是由从月面炸入太空的岩石构成的。从安装在推进面的摄像机中可以看到，月面被核爆掀起的地层碎块如滔天洪水般涌向太空，向前后很快变细，在远方成为一条极细的蛛丝，弯向地球的另一面，描绘出月球加速的轨道。

但人们的注意力都集中在天空中出现的那个恐怖的大环上：吞食者此时已驶近地球，它的引力产生的巨大潮汐已摧毁了所有的沿海城市。吞食者尾部的发动机闪着一圈蓝色的光芒，它正在进行最后的轨道调整，以使其绕太阳运行的轨道与地球保持同步，同时使自己与地球的自转轴线重合在同一直线上。然后，它将缓缓向地球移动，将其套人大环中。月球的加速持续了两个月，这期间，在它的推进面，平均两三秒就爆炸一枚核弹，到目前为止，已引爆了二百五十多万枚。加速后的月球环绕地球的轨道形状已变得很扁，当月球运行到这椭圆轨道的顶端时，应元帅的邀请，大牙同他一起来到了月球面向前进方向的一面。他们站在环形山环绕的平原上，感受着从月球另一面传来的震动，仿佛这颗地球卫星的中心有一颗强劲的心脏。在漆黑的太空背景下，吞食者的巨环光彩夺目，占据了半个天空。

“太棒了，元帅虫虫，真的太棒了！”大牙对元帅由衷地赞叹着，“不过你们要抓紧，只剩下一圈的加速时间了，吞食帝国可没有等待别人的习惯。我还有个疑问：你们十年前就已建成的地下城还空着，那些移民什么时候来？你们的月地飞船能在一个月时间里从地球迁移十万人？”

“不会迁移任何人了，我们将是月球上最后的人类。”

听到这话，大牙吃惊地转过身去，看到了元帅所说的“我们”：那是地球太空部队的五千名将士，在环形山平原上站成严整的方阵。方阵前面，一名士兵展开一面蓝色的旗帜。

“看，这是我们行星的旗帜，地球对吞食帝国宣战了！”

大牙呆呆地站着，迷惑多于惊讶。紧接着，他四脚朝天地摔倒了，这是由于月面突然增加的重力所致。大牙一动不动地躺在地上，他那庞大身体激起的月尘在周围缓缓降落，但很快又扬起来——这是从月球另一面传来的剧烈震波所致，平原因此蒙上了一层白色的尘被。大牙知道，在月球的另一面，核弹的爆炸密度突然增加了几倍。从重力的激增，他推测出月

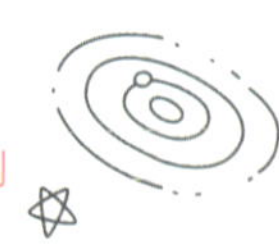

球的加速度也增加了几倍。他打了个滚儿，从太空服胸前的口袋里掏出硕大的电脑，调出了月球目前的轨道。他看到，如果这剧增的加速度持续下去，轨道将不再闭合，月球将脱离地球引力冲向太空，一条闪着红光的虚线标示出预测的方向。

月球将径直撞向吞食者！

大牙缓缓地站了起来，任手中的电脑掉了下去。他抬头看去，在突然增加的重力和波浪般的尘雾中，地球军团的方阵仍如磐石般稳立着。

“持续了一个世纪的阴谋。”大牙喃喃地说。

元帅点点头：“你明白得太晚了。”

大牙长叹着说：“我应该想到地球人与波江人是完全不同的两个物种。波江世界是一个以共生为进化基础的生态圈，没有自然选择和生存竞争，更不知战争为何物……我们却用这种习惯思维来套地球人。而你们，自从从树上下来后就厮杀不断，怎么可能轻易被征服呢？我……不可饶恕的失职啊！”

元帅说：“波江人为我们提供了大量的重要信息，其中关于吞食者的加速度极限值就是人类这个作战方案的基础：如果引爆月球上的转向核弹，月球的轨道机动加速度将是吞食者速度极限值的三倍。这就是说，它比吞食者灵活三倍，你们不可能躲开这次撞击。”

大牙说：“其实我们也不是完全没有戒备。当地球开始大量生产核弹时，我们时刻监视着这些核弹的去向，确保它们被放置在月球地层中，可没有想到……”

元帅在面罩后面微微一笑：“我们不会傻到用核弹直接攻击吞食者，地球人那些简陋的导弹在半途中就会被身经百战的吞食帝国全部拦截，但你们无法拦截巨大的月球。也许凭借吞食者的力量，最终能击碎它或使其转向，但现在距离已经很近，来不及了。”

“狡诈的虫虫，阴险的虫虫，恶毒的虫虫……吞食帝国是心肠实在的文明，把什么都说在明处，可是最终被狡诈阴险的地球虫虫骗了。”大牙咬牙切齿地说，狂怒中想用大爪子抓元帅，但在士兵们指向他的冲锋枪面前停住了。他没有忘记自己也是血肉之躯，一梭子弹足以让他丧命。元帅对大牙说：“我们要走了，劝你也离开月球吧，不然会死在吞食帝国的核弹之下。”

元帅说得很对，大牙和人类太空部队刚刚飞离月球，吞食者的截击导弹就击中了月面。这时，月球的两面都闪烁着强光，朝向前进方向的一面也有大量的岩石被炸飞到太空中。与推进面不同的是，这些岩石是朝着各个方向漫无目标地飞散开的。从地球上看去，撞向吞食者的月球如一个披散着怒发的斗士，任何力量都无法阻挡它！在能看到月球的大陆上，人山人海，正爆发出狂热的欢呼。

吞食人的拦截行动只持续了不长时间就停止了，因为他们发现这毫无意义。在月球走完短暂的距离之前，既不可能使它转向，更不可能击碎它。

月球上的推进核弹也停止了爆炸。速度已经足够，地球保卫者要留下足够的核弹进行最后的轨道机动。

一切都沉静下来。在冷寂的太空中，吞食者和地球的卫星静静地相向飘行着，它们之间的距离在急剧缩短。当两者的距离缩短至五十万千米时，从地球统帅部所在的指挥舰上看去，月球已与“轮胎”重叠，像轴承圈上的一粒钢珠。

直到这时，吞食者的航向也没有任何变化，这是容易理解的：过早的轨道机动会使月球也做出相应的反应，真正有意义的躲避动作要在月球最后撞击前进行。这就像两名用长矛决斗的中世纪骑士，他们骑马越过长长的距离逼近对方，但胜负是在接触前的一小段距离内决出的。

银河系的两大文明都屏住了呼吸，等待着那最后的时刻。

当距离缩短至三十五万千米时，双方的机动航行开始了。吞食者的发动机首先喷出了上万千米的蓝色烈焰，开始躲避；月球上的核弹则以空前的密度和频率疯狂地引爆，进行着相应的攻击方向修正，它那弯曲的尾迹清楚地描绘出航线的变化。吞食者喷出的上万千米长的蓝色光河的头部镶嵌着月球核弹银色的闪光，构成了太阳系有史以来最壮观的景象。

双方的机动航行进行了三个小时，它们的距离已缩短至五万千米，计算机显示的结果令指挥舰上的人们不敢相信自己的眼睛：吞食者的变轨加速度四倍于波江晶体提供的极限值！以前深信不疑的吞食者的加速度极限值，一直是地球人取胜的基础，现在，月球上剩余的核弹已没有能力对攻击方向做出足够的调整。计算表明，即使尽全力变轨，半小时后，月球也将以四百千米的距离与吞食者擦肩而过。

在一阵令人目眩的剧烈闪光后，月球耗尽了最后的核弹，几乎与此同时，吞食者的发动机也关闭了。在死一般的寂静中，惯性定律完成了这篇宏伟史诗的最后章节：月球紧擦着吞食者的边缘飞过，由于其速度很快，吞食者的引力没能将其捕获，但扭弯了它的飘行轨迹。月球掠过吞食者后，无声地向远离太阳的方向飞去。

指挥舰上，统帅部的人们在死一般的沉默中度过了几分钟。

“波江人骗了我们。”一位将军低声说。

“也许，那块晶体只是吞食帝国的一个圈套！”一位参谋喊道。

统帅部瞬间陷入一片混乱。每个人都声嘶力竭地叫喊着，以掩盖或发泄自己的绝望。几名文职人员或哭泣，或抓着自己的头发，精神已到了崩溃的边缘。只有元帅仍静静地站在大显示屏前，他慢慢转过身来，用一句话稳住了局面：“我请各位注意一个现象，吞食者的发动机为什么要关闭？”

这话引起了所有人的思考。是的，在月球上的核弹停止爆炸后，敌人的发动机没有理由关闭，因为他们不可能知道月球上是否还剩有核弹。同时，考虑到吞食者的引力有可能捕获月球，他们也应该继续进行躲避加速，拉开与月球攻击线的距离，而不能仅仅满足于这四百千米的微小间距。

“给我吞食者外表面的近距离图像。”元帅说。

大屏幕上出现了一幅全息画面，这是一个掠过吞食者的地球小型高速侦察器在距其表面五百千米上空传回的。人们敬畏地看着吞食者灯光灿烂的大陆上线条粗放的钢铁山脉和峡谷缓缓移过。一条黑色的长缝引起了元帅的注意。在过去的一个世纪中，他已记熟了吞食者外表面的每一个细节，可以绝对肯定这条长缝以前是不存在的。很快其他人也注意到了。

“那是什么？一条……裂缝？”

“是的，裂缝，一条长达五千千米的裂缝。”元帅点了点头说，“波江人没有骗我们，晶体带来的资料是真实的，那个加速度极限确实存在。但当月球逼近时，绝望的吞食者不顾一切地用四倍于极限的加速度来躲避。这就是超限加速的后果：它被撕裂了。”

接下来，人们又发现了另外几条裂缝。

“看啊，那又是什么？！”又有人惊叫起来。这时，吞食者的自转正使它表面的另一部分进入人们的视野：金属大陆的边缘出现了一个刺目的光球，如同辽阔地平线上的日出一般。

“自转发动机！”一名军官说。

“是的，是吞食者赤道上很少启动的自转发动机，此时，它正在以最大功率刹住自转！”

“元帅，这证实了您的看法！”

“尽快用各种观测手段取得详细资料，进行模拟！”元帅说。但在这之前，一切已在进行中了。

经一个世纪建立起来的精确描述吞食者物理结构的数学模型，在从前方取得必需的数据后高速运转，模拟结果很快出来了：需近四十小时的时间，自转发动机才能把吞食者的自转速度减至毁灭值之下；而如果高于这个转速，离心力将使已被撕裂的吞食者在十八个小时内完全解体。

人们欢呼起来。大屏幕上接着映出了吞食者解体时的全息模拟图像：解体的过程很慢，如同梦幻。在太空漆黑的背景上，这个巨大的世界如同一团浮在咖啡上的奶沫一样散开，边缘的碎块渐渐隐没于黑暗之中，仿佛被太空融化了，只有不时出现的爆炸闪光才使它们重新现形。

元帅并没有同人们一起观赏这令人心旷神怡的画面，他远离人群，站在另一块大屏幕前注视着现实中的吞食者，脸上没有一点儿胜利的喜悦。冷静下来的人们注意到了他，也纷纷站到这块屏幕下。他们发现，吞食者尾部的蓝色光环又出现了，它再次启动了推进发动机。在环体已经被严重损伤的情况下，这似乎是一个不可理解的错误，这时，任何微小的加速度都可能导致大环解体。而吞食者的运行方向更让人迷惑：它正在缓缓回到躲避月球攻击前所在的位置，谨慎地建立与地球同步的太阳轨道，并使自己和地球的自转轴重合在一条直线上。

“怎么，这时它还想吃地球？”有人吃惊地说，他的话引起了稀疏的笑声，但笑声戛然而止，人们看到了元帅的表情：他已不再看屏幕，而是双眼紧闭，苍白的脸上毫无表情。一个世纪以来，作为抗击吞食者的精神支柱之一，太空将士们已经熟悉了他的声音、容貌，但他们从来没有见到他像此时一般。人们冷静下来，再看屏幕，终于明白了一个严峻的现实——吞食者还有一条活路。

吞食地球的航行开始了，已与地球同步自转的、同轴的吞食者向着这颗行星的南极移动。如果它慢了，会在自转的离心力下解体；如果太快，推进的加速度又可能使其提前解体。吞食者正走在一条生存的钢丝绳上，它必须绝对正确地把握住时间和速度的平衡。

在地球的南极被套入大环前的一段时间，太空中的人们看到，南极大陆的海岸线形状急剧变化。这个大陆像一块热煎锅上的牛油一样缩小着面积，地球的海水在吞食者引力的拉动下涌向南极，地球顶端那块雪白的大陆正在被滔天巨浪所吞没。

这时，吞食者大环上的裂缝越来越多，且都在延长扩宽。最初出现的那几条裂缝已不再是黑色的，里面透出了暗红色的火光，像几千千米长的地狱之门。有几条蛛丝般的白色细线从大环表面升起，接下来，这样的细线越来越多，出现在大环的每一部分，仿佛吞食者长出了稀疏的头发。这是从大环上发射的飞船的尾迹，吞食者开始从他们将要毁灭的世界逃命了。

但当地球被大环吞入一半时，情况发生了逆转：地球的引力像无数根无形的辐条拉住了正在解体的大环，吞食者表面不再有新的裂缝出现，已有的裂缝也停止了扩张。十四个小时过去后，地球被完全套入大环，它那引力的辐条变得更加强劲有力，吞食者表面的裂缝开始缩小，又过了五个小时，这些裂缝完全合拢了。

在指挥舰上，统帅部的大屏幕黑了，甚至连灯都灭了，只有太阳从舷窗中投进惨白的光芒。为了产生人工重力，飞船仍在缓缓自转，使得太阳从不同位置的舷窗中升升降降。光影流转，仿佛在追述着人类那已永远成为过去的日日夜夜。

“谢谢各位在过去一个世纪中尽职尽责的工作，谢谢。”元帅说，并向统帅部的全体人员敬礼。在将士们的注视下，他平静地整理了一下自己的军装，其他人也这样做了。

人类失败了，但地球保卫者们已经尽到了自己的责任。对于尽责的战士来说，这一时刻仍是辉煌的。他们接受了平静的良心授予自己的无形勋章，他们有权享受这光荣的一刻。

尾声　归宿

“真的有水啊！”一名年轻上尉惊喜地叫了出来。面前确实是一片广阔的水面，在昏黄的天空下泛着粼粼的波光。

元帅摘下太空服的手套，捧起一点儿水，推开面罩尝了尝，又赶紧将面罩合上，“嗯，还不是太咸。”看到上尉也想打开面罩，他制止说，“会得减压病的。大气成分倒没问题，硫黄之类的有毒成分已经很淡了，但气压太低，相当于战前的一万米高空。”

一名将军在脚下的沙子中挖着什么，“也许会有些草种子的。”他抬头对元帅笑笑说。

元帅摇摇头，说：“这里战前是海底。”

“我们可以到离这里不远的十一号新陆去看看，那里说不定会有。”那名上尉说。

“有也早烤焦了。”有人叹息道。

大家举目四望。地平线处有连绵的山脉，它们是最近一次造山运动的产物。青色的山体由赤裸的岩石构成，从山顶流下的岩浆河发着暗红的光，使山脉像一个淌血的巨人躯体，但大地上的岩浆河已经消失了。

这是战后二百三十年的地球。

战争结束后，统帅部幸存的一百多人在指挥舰上进入冬眠期，等待地球被吞食者吐出后重返家园。指挥舰则成为一颗卫星，在一条宽大的轨道上围绕着由吞食者和地球组成的联合星体运行。在以后的时间里，吞食帝国并没有打扰他们。

战后第一百二十五年，指挥舰上的传感系统发现吞食者正在吐出地球，就唤醒了一部分冬眠者。当这些人醒来后，吞食者已飞离地球，向金星方向航行，而这时的地球已变成一颗人们完全陌生的行星，像一块刚从炉子里取出的火炭，海洋早已消失，蛛网般的岩浆河流覆盖着大地。他们只好

继续冬眠，重新设定传感器，等待地球冷却。这一等又是一个世纪。

冬眠者们再次醒来时，发现地球已冷却成一颗荒凉的黄色行星，剧烈的地质运动平息下来，虽然生命早已消失，但有稀薄的大气，甚至还发现了残存的海洋，于是，他们就在一个大小如战前内陆湖泊的残海边着陆了。

一阵轰鸣声——就算在这稀薄的空气中也震耳欲聋——那艘熟悉的外形粗笨的吞食帝国飞船在人类飞船的不远处着陆。高大的舱门打开后，大牙拄着一根电线杆长度的拐杖颤巍巍地走下来。

“啊，您还活着！有五百岁了吧？”元帅同他打招呼。

“我哪儿能活那么久啊！战后三十年我也冬眠了，就是为了能再见你们一面。”

“吞食者现在在哪儿？”

大牙指向天空的一个方向：“晚上才能看见，只是一颗暗淡的小星星。它已驶出木星轨道。”

“它在离开太阳系吗？”

大牙点点头：“我今天就要启程去追它。”

“我们都老了。”

“老了……”大牙黯然地点点头，哆嗦着把拐杖换了手，“这个世界，现在……”他指指天空和大地。

“有少量的水和大气留了下来，这算是吞食帝国的仁慈吗？”

大牙摇摇头：“与仁慈无关，这是你们的功绩。”

地球战士们不解地看着大牙。

“哦，在那场战争中，吞食帝国遭受了前所未有的创伤。死了上亿人，生态系统也被严重损坏。战后，我们用了五十个地球年的时间才初步修复撕裂的大环，许久以后才有能力对地球进行咀嚼。但你知道，我们在太阳系的时间有限，如果不能及时离开，又有一片星际尘埃飘到我们前面的航线上，如果绕道，我们到达下一个行星系的时间就会晚一万七千年，那时我们要吞食的行星就会被衰老的恒星吞食掉，所以，我们对太阳系几颗行星的咀嚼就很匆忙，吃得不太干净。”

“这让我们倍感自豪。”元帅看看周围的人们说。

“你们当之无愧！那真是一场伟大的星际战争。在吞食帝国漫长的征战史中，你们是最出色的战士之一！直到现在，帝国的行吟诗人还在到处传唱地球战士史诗般的战绩。”

“我们更想让人类记住这场战争。对了，现在人类怎样了？”

“战后，大约有二十亿人类移居到吞食帝国，占人类总数的一半。”大牙说着，打开了手提电脑宽大的屏幕，上面出现了人类在吞食者上生活的画面：蓝天下，一片美丽的草原，一群快乐的人在歌唱跳舞，一时难以分辨这些人的性别，因为他们的皮肤都是那么细腻白嫩，都身着轻纱般的长服，头上装饰着美丽的花环。远处有一座漂亮的城堡，其形状显然来自地球童话，色彩之鲜艳如同用奶油和巧克力建造的。镜头拉近，元帅细看这些漂亮人儿的表情，确信他们真的是处于快乐之中。那是一种真正无忧无虑的快乐，如水晶般单纯，战前的人类只在童年能够短暂地享受。

“必须保证他们的绝对快乐，这是饲养中起码的技术要求，否则肉质得不到保证。地球人是高档食品，只有吞食帝国的上层社会才有钱享用，这种美味像我都是吃不起的。哦，元帅，我们找到了您的曾孙，录下了他对

您说的话，想看吗？”

元帅吃惊地看了大牙一眼，点点头。屏幕上出现了一个皮肤细嫩的漂亮男孩。从面容上看，他可能只有十岁，但身材却有成年人那么高。他一双女人般的小手拿着一个花环，显然是刚刚从舞会上被叫过来的。他眨着一双水灵灵的大眼睛说：“听说曾祖父您还活着？我只求您一件事，千万不要来见我啊！我会恶心死的！想到战前人类的生活，我们都会恶心死的，那是狼的生活，蟑螂的生活！您和您的那些地球战士还想维持那种生活，差一点儿真的阻止人类进入这个美丽的天堂！变态！您知道您让我多么羞耻、多么恶心吗？呸！不要来找我！呸！快死吧，你！”说完，他又蹦跳着加入草原上的舞会中去了。

大牙首先打破了尴尬的沉默：“他将活过六十岁，能活多久就活多久，不会被宰杀。”

“如果是因为我的缘故，十分感谢。”元帅凄凉地笑了一下。

“不是。在得知自己的身世后，他很沮丧，也充满了对您的仇恨，这类情绪会使他的肉质不合格。”

大牙感慨地看着面前这最后一批真正的人类。他们身上的太空服已破旧不堪，脸上都刻着岁月的沧桑，在昏黄的阳光里，如同地球大地上一群锈迹斑斑的铁像。

大牙合上电脑，充满歉意地说：“本来不想让大家看这些的，但你们都是真正的战士，能够勇敢地面对现实，要承认……”他犹豫了一下，才说，“人类文明完了。”

“是你们毁灭了地球文明，”元帅凝视着远方，“你们犯下了滔天罪行！”

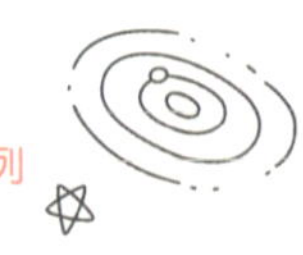

“我们终于又开始谈道德了。”大牙咧嘴一笑。

“在入侵我们的家园并极其野蛮地吞食一切后，我不认为你们还有这个资格。”元帅冷冷地说。其他人不再关注他们的谈话，吞食者文明冷酷残暴的程度已超出人类的理解力，他们现在真的没有兴趣再同其进行道德方面的交流了。

“不，我们有资格，我现在还真想同人类谈谈道德……您怎么拿起来就吃啊！”

大牙最后这句话让所有人浑身一震。这话不是从翻译器中传出的，而是大牙亲口说的，虽然嗓门很大，但他对三个世纪前元帅的声调模仿得惟妙惟肖。

大牙通过翻译器接着说：“元帅，您在三百年前的那次感觉是对的。星际间的不同文明，其相似要比差异更令人震惊，我们确实不应该这么像。”

人们把目光聚焦在大牙身上。他们都预感到，一个惊天的大秘密将被揭开。

大牙动动拐杖，使自己站直，看着远方说：“朋友们，我们都是太阳的孩子，地球是我们共同的家园，但我们比你们更有权利拥有她！因为在你们之前的一亿四千万年，我们的先祖就在这颗美丽的行星上生活，并创造了灿烂的文明。”

地球战士们呆呆地看着大牙，身边的残海跳跃着昏黄的阳光，远方的新山脉流淌着血红的岩浆。越过六千万年的沧桑时光，曾经覆盖地球的两大物种在这劫后的母星上凄凉地相会了。

“恐——龙——”有人低声惊叫。

大牙点点头："恐龙文明崛起于一亿地球年前，就是你们地质纪年的中生代白垩纪中期，在白垩纪晚期达到鼎盛。我们是体形巨大的物种，对生态的消耗量极大。随着恐龙数量的急剧增加，地球生态圈已难以维持恐龙社会的生存，接着恐龙又吃光了刚刚拥有初级生态的火星。地球上恐龙文明的历史长达两千万年，但恐龙社会真正的急剧膨胀也就是几千年的事，其在生态上造成的影响从地质纪年的长度看，很像一场突然爆发的大灾难，这就是你们所猜测的白垩纪灾难。

"终于有那么一天，所有的恐龙都登上了十艘巨大的世代飞船，航向茫茫星海。这十艘飞船最后合为一体，每到达一颗有行星的恒星就扩建一次，经过六千万年，就成为现在的吞食帝国。"

"为什么要吃掉自己的家园呢？恐龙没有一点儿怀旧感吗？"有人问。

大牙陷入了回忆："说来话长。星际空间确实茫茫无际，但与你们的想象不同，真正适合我们高等碳基生物生存的空间并不多。从我们所在的位置向银河系的中心方向，走不出两千光年，就会遇到大片的星际尘埃，在其中既无法航行，也无法生存；再向前，则会遇到强辐射和大群游荡的黑洞……如果向相反的方向走呢，我们已在旋臂的末端，不远处就是无边无际的荒凉虚空。在适合生存的这片空间中，消耗量巨大的吞食帝国已吃光了所有的行星。现在，我们的唯一活路是航行到银河系的另一旋臂去，我们也不知道那里有什么，但在这片空间待下去肯定是死路一条。这次航行要持续一千五百万年，途中一片荒凉，我们必须在起程前贮备好所有的消耗品。这时的吞食帝国就像干涸的小水洼中的一条鱼，它必须在水洼完全干掉之前猛跳一下，虽然多半是落到旱地上，在烈日下死去，但也有可能

落到相邻的另一个水洼中活下去……至于怀旧感，在经历了几千万年的太空跋涉和数不清的星际战争后，恐龙种族早已是铁石心肠了。为了前面千万年的航程，吞食帝国要尽可能多吃一些东西……文明是什么？文明就是吞食，不停地吃啊吃，不停地扩张和膨胀，其他的一切都是次要的。”

元帅深思着说：“难道生存竞争是宇宙间生命和文明进化的唯一法则？难道不能建立起一个自给自足的、内省的、多种生命共生的文明吗？像波江文明那样？”

大牙长出一口气：“我不是哲学家，回答不了这个问题。也许答案是肯定的，关键是谁先走出第一步呢？自己的生存是以征服和消灭别人为基础的，这是这个宇宙中生命和文明生存的铁的法则，谁要首先不遵从它而自省起来，就必死无疑。”

大牙转身走上飞船，再出来时，手中端着一个扁平的方盒子。那个盒子长宽有三四米，起码要四个人才能抬起来。大牙把盒子平放到地上，掀起顶盖。人们看到盒子里装满了土，土上长着一片青草。在这已无生命的世界中，这绿色令所有人心动。

“这是一块战前地球的土地，战后我使这块土地上的所有植物和昆虫都进入冬眠，现在过了两个多世纪，又使它们同我一起苏醒。我本想把这块土地带走做个纪念，唉，现在想想还是算了吧，还是把它放回它该在的地方吧！我们从母星拿走的够多了。”

看着这一小片生机盎然的地球土地，人们的眼睛湿润了，他们现在知道，恐龙并非铁石心肠。在那比钢铁和岩石更冰冷坚硬的鳞甲后面，也有一颗渴望回家的心。

大牙一挥爪子，似乎想把自己从某种情绪中解脱出来，“好了，朋友们，我们一起走吧，到吞食帝国去。”看到人们的表情，他举起一只爪子，“你们到那里当然不是作为家禽被饲养。你们是伟大的战士，都将成为帝国的普通公民，你们还会得到一份工作——建立一座人类文明博物馆。”

地球战士们把目光集中在元帅身上。他想了想，缓缓地点了点头。

地球战士们一个接一个地上了大牙的飞船。那为恐龙准备的梯子他们必须一节一节引体向上爬上去。元帅是最后一个上飞船的人，他双手抓住飞船舷梯最下面一节踏板的边缘，在把自己的身体拉离地面的时候，他最后看了一眼脚下地球的土地，然后就停在那里看着地面，很长时间一动不动，他看到了——蚂蚁。

这蚂蚁是从盒子中的土里爬出来的。元帅放开抓着踏板的双手，蹲下身，让它爬到自己手上。他举起那只手，细细地看着它，它那黑宝石般的小身躯在阳光下闪闪发亮。元帅走到盒子旁，把这只蚂蚁放回那片小小的草丛中。这时，他又在草丛间的土面上发现了其他几只蚂蚁。

他站起身来，对刚来到身边的大牙说：“我们走后，这些草和蚂蚁就是地球上仅有的生命了。”

大牙默默无语。

元帅说：“地球上的文明生物有越来越小的趋势——恐龙，人，然后可能是蚂蚁。”他又蹲下来，深情地看着那些在草丛间穿行的小生命，“该轮到它们了。”

这时，地球战士们又纷纷从飞船上下来，返回到那块有生命的地球土地前，围成一圈，深情地看着它。

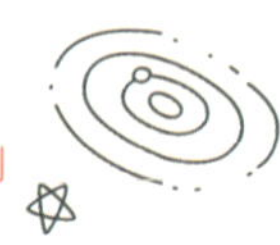

大牙摇摇头，说："草能活下去，这海边也许会下雨的。但蚂蚁不行。"

"因为空气稀薄吗？看样子它们好像没受影响。"

"不，空气没问题。与人不同，在这样的空气中它们能存活。关键是没有食物。"

"不能吃青草吗？"

"那就谁也活不下去了。在稀薄的空气中，青草长得很慢；蚂蚁会吃光青草，然后饿死——这倒很像吞食文明可能的最后结局。"

"您能从飞船上给它们留下些吃的吗？"

大牙又摇头："我的飞船上除了生命冬眠系统和饮用水外，什么都没有。我们在追上帝国前需要冬眠。你们的飞船上还有食物吗？"

元帅也摇了摇头："只剩几支维持生命的注射营养液，没用的。"

大牙指指飞船："我们还是抓紧时间吧。帝国的加速很快，晚了我们会追不上它的。"

沉默。

"元帅，我们留下来。"一名年轻中尉说。

元帅坚定地点点头。

"留下来？干什么？"大牙挨个儿看着他们，惊讶地问，"你们飞船上的冬眠装置已接近报废，又没有食品，留下来等死吗？"

"留下来走出第一步。"元帅平静地说。

"什么？"

"您刚才提过的新文明的第一步。"

"你们……要做蚂蚁的食物？"

地球战士们点点头。大牙无言地注视了他们很长时间，然后转身，拄着拐杖慢慢走向飞船。

“再见，朋友！”元帅在大牙身后高声说。

老恐龙长长地叹息了一声：“在我和我的子孙前面，是无尽的暗夜，不休的征战。茫茫宇宙，哪里是家呀！”人们看到他的脚下湿了一片，不知道是不是一滴眼泪。

恐龙的飞船在轰鸣中起飞，很快消失在西方的天空。在那个方向，太阳正在落下。

最后的地球战士们围着那块有生命的土地默默地坐了一会儿，然后，从元帅开始，大家纷纷掀起面罩，在沙地上躺了下来。

时间流逝，太阳落下，晚霞使劫后的大地映在一片美丽的红光中。然后，有稀疏的星星在天空中出现。元帅发现，一直昏黄的天空这时居然现出了一抹深蓝。在稀薄的空气夺去他的知觉前，他欣慰地感到太阳穴上有轻微的骚动——蚂蚁正在爬上他的额头。这感觉让他回到了遥远的童年，在海边两棵棕榈树间拴着的小吊床上，他仰望着灿烂的星海，妈妈的手抚过他的额头……

夜晚降临了，残海平静如镜，毫不走样地映着横跨夜空的银河。这是这颗行星有史以来最宁静的夜晚。

在这宁静中，地球重生了。

诗云

刘慈欣

伊依一行三人乘一艘游艇在南太平洋上做吟诗航行，他们的目的地是南极，如果几天后能顺利到达那里，他们将钻出地壳去看诗云。

今天，天空和海水都很清澈，对于作诗来说，世界显得太透明了。抬头望去，平时难得一见的美洲大陆清晰地出现在天空中，在东半球构成的覆盖世界的巨大穹顶上，大陆好像是墙皮脱落的区域……

哦，现在人类生活在地球里面，更准确地说，人类生活在气球里面——地球已变成了气球。地球被掏空了，只剩下厚约一百千米的一层薄壳，但大陆和海洋还原封不动地存在着，只不过都跑到里面了——球壳的里面。大气层也还存在，也跑到球壳里面了，所以地球变成了气球，一个内壁贴着海洋和大陆的气球。空心地球仍在自转，但自转的意义已与以前大不相同——它产生重力。构成薄薄地壳的那点质量产生的引力是微不足道的，地球重力现在主要由自转的离心力来产生了。但这样的重力在世界

各个区域是不均匀的：赤道上最强，约为1.5个原地球重力；随着纬度增高，重力也渐渐减小，两极地区的重力为零。现在吟诗游艇航行的纬度正好是原地球的标准重力，但很难令伊依找到已经消失的实心地球上旧世界的感觉。

空心地球的球心悬浮着一个小太阳，现在正以正午的阳光照耀着世界。这个太阳的光度在二十四小时内不停地变化，由最亮渐变至熄灭，给空心地球里面带来昼夜更替。在某些夜里，它还会发出月亮的冷光，但只是从一点发出，看不到圆月。

游艇上的三人中有两个不是人，其中一个是一只名叫大牙的恐龙。他高达十米的身躯一移动，游艇就跟着摇晃倾斜，这令站在船头的吟诗者很烦。吟诗者是一个干瘦老头儿，同样雪白的长发和胡须混在一起飘动。他身着唐朝的宽大古装，仙风道骨，仿佛是在海天之间挥洒写就的一个狂草字。

他就是新世界的创造者——伟大的李白。

一　礼物

事情是从十年前开始的。当时，吞食帝国刚刚完成了对太阳系长达两个世纪的掠夺，来自远古的恐龙驾驶着那个直径五万千米的环形世界飞离太阳系，航向天鹅座。吞食帝国还带走了被恐龙掠去当作小家禽饲养的二十亿人类。但就在接近土星轨道时，环形世界突然开始减速，最后竟沿原轨道返回，重新驶向太阳系内层空间。

在吞食帝国开始返程后的一个大环星期，使者大牙乘一艘如古老锅炉般的飞船飞离大环，衣袋中装着一个叫伊依的人。

“你是一件礼物！”大牙对伊依说，眼睛看着舷窗外黑暗的太空。它那粗嘎的嗓音震得衣袋中的伊依浑身发麻。

“送给谁？”伊依在衣袋中仰头大声问。他能从袋口看到恐龙的下颚，像是悬崖顶上一大块突出的岩石。

“送给神！神来到了太阳系，这就是帝国返回的原因。”

“是真的神吗？”

“它们掌握了不可思议的技术，已经纯能化，并且能在瞬间从银河系的一端跃迁到另一端，这不就是神了？如果我们能得到那些超级技术的百分之一，吞食帝国的前景就很光明了。我们正在完成一个伟大的使命，你要学会讨神喜欢！”

“为什么选中了我？我的肉质是很次的。”伊依说。他三十多岁，与吞食帝国精心饲养的那些肌肤白嫩的人相比，他的外貌很有些沧桑。

“神不吃虫虫，只是收集，我听饲养员说你很特别，你好像还有很多学生？”

“我是一名诗人，在饲养场的家禽人中教授人类古典文学。”伊依很吃力地念出了“诗”“文学”这类在吞食语中相当生僻的词。

“无用又无聊的学问。你那里的饲养员之所以默许你授课，是因为其中的一些内容有助于改善虫虫们的肉质……我观察过，你自视清高、目空一

切，对于一个被饲养的小家禽来说，这很有趣。”

“诗人都是这样！”伊依在衣袋中站直。虽然知道大牙看不见，但他还是骄傲地昂起头。

“你的先辈参加过地球保卫战吗？”

伊依摇摇头，“我在那个时代的先辈也是诗人。”

“一种最无用的虫虫。在当时的地球上就十分稀少了。”

“他生活在自己的内心世界里，对外部世界的变化并不在意。”

“没出息……呵，我们快到了。”

听到大牙的话，伊依把头从衣袋中伸出来，透过宽大的舷窗向外看。飞船前方有两个发出白光的物体，那是悬浮在太空中的一个正方形平面和一个球体，当飞船移动到与平面齐平时，平面在星空的背景上短暂地消失了一下，这说明它几乎没有厚度。那个完美的球体悬浮在平面正上方，两者都发出柔和的白光，表面均匀得看不出任何特征。它们仿佛是从计算机图库中取出的两个元素，是这纷乱宇宙中两个简明而抽象的概念。

“神呢？”伊依问。

“就是这两个几何体啊。神喜欢简洁。”

距离拉近，伊依发现平面有足球场大小，飞船正在向平面上降落。发动机喷出的炽焰首先接触到平面，仿佛只是接触到一个幻影，没有在上面留下任何痕迹。但伊依感到了重力和飞船接触平面时的震动，说明它不是幻影。大牙显然以前曾经来过这里，毫不犹豫地拉开舱门走了出去。

伊依看到他同时打开了气密过渡舱的两道舱门，心一下抽紧了，但他并没有听到舱内空气涌出时的呼啸声。当大牙走出舱门后，衣袋中的伊依嗅到了清新的空气，伸到外面的脸上感到了习习的凉风……这是人和恐龙都无法理解的超级技术，却以温柔而漫不经心的方式呈现出来，这震撼了伊依。与人类第一次见到吞食者时相比，这震撼更加深入灵魂。他抬头望望，球体悬浮在他们上方，背后是灿烂的银河。

“使者，这次你又给我带来了什么小礼物？”神问。他说的是吞食语，声音不高，仿佛从无限远处的太空深渊中传来，让伊依第一次感觉到这种粗陋的恐龙语言听起来很悦耳。

大牙把一只爪子伸进衣袋，抓出伊依放到平面上。伊依的脚底感到了平面的弹性。大牙说：“尊敬的神，得知您喜欢收集各个星系的小生物，我带来了这个很有趣的小东西——地球人。”

“我只喜欢完美的小生物，你把这么肮脏的虫子拿来干什么？”神说。球体和平面发出的白光微微地闪动了两下，可能是表示厌恶。

“您知道这种虫虫？”大牙惊奇地抬起头。

“只是听这个旋臂的一些航行者提到过，不是太了解。在这种虫子不算长的进化史中，航行者曾频繁造访地球。这种生物的思想之猥琐、行为之低劣、历史之混乱和肮脏，都让他们恶心，以至于直到地球世界毁灭之前，也没有一个航行者屑于同它们建立联系——快把它扔掉。”

大牙抓起伊依，转动着硕大的脑袋，看看可往哪儿扔，“垃圾焚化口在你后面。”神说。大牙一转身，看到身后的平面上突然出现了一个小圆口，里面闪着蓝幽幽的光……

“你不要这样说！人类建立了伟大的文明！”伊依用吞食语声嘶力竭地大喊。

球体和平面的白光又颤动了两次。神冷笑了两声："文明？使者，告诉这个虫子什么是文明。"

大牙把伊依举到眼前，伊依甚至听到了恐龙的两个大眼球转动时骨碌碌的声音："虫虫，在这个宇宙中，对一个种族文明程度的统一度量标准是这个种族所进入的空间的维度。只有进入六维以上空间的种族才具备加入文明大家庭的起码条件。我们尊敬的神的一族已能够进入十一维空间。吞食帝国已能在实验室中小规模地进入四维空间，只能算是银河系中一个未开化的原始群落。而你们，在神的眼里不过是杂草和青苔。"

"快扔了，脏死了！"神不耐烦地催促道。

大牙举着伊依向垃圾焚化口走去。伊依拼命挣扎，从衣服中掉出了许多白色的纸片。那些纸片飘荡着下落，从球体中射出一条极细的光线，射到其中一张纸上时，纸片便在半空中悬住了，光线飞快地在上面扫描了一遍。

"哟，等等，这是什么东西？"

大牙把伊依悬在焚化口上方，扭头看着球体。

"那是……是我的学生们的作业！"伊依在恐龙的巨掌中吃力地挣扎着说。

"这种方形的符号很有趣，它们组成的小矩阵也很好玩儿。"神说，从球体中射出的光束又飞快地扫描了已落在平面上的另外几张纸。

"那是汉……汉字，这些是用汉字写的古诗！"

"诗？"神惊奇地问，收回了光束，"使者，你应该懂这种虫子的文字吧？"

“当然，尊敬的神，在吞食帝国吃掉地球前，我在它们的世界生活了很长时间。”大牙把伊依放到焚化口旁边的平面上，弯腰拾起一张纸，举到眼前吃力地辨认着上面的小字，“它的大意是……”

“算了吧，你会曲解它的！”伊依挥手制止大牙说下去。

“为什么？”神很感兴趣地问。

“因为这是一种只能用古汉语表达的艺术。即使翻译成人类的其他语言，也会失去大部分内涵和魅力，变成另一种东西了。”

“使者，你的计算机中有这种语言的数据库吗？我还要有关地球历史的一切知识。给我传过来吧，就用我们上次见面时建立的那个信道。”

大牙急忙返回飞船，在舱内的电脑上鼓捣了一阵儿，嘴里嘟囔着：“古汉语部分没有，还要从帝国的网络上传过来，可能有些时滞。”伊依从敞开的舱门中看到，恐龙的大眼球中反射着电脑屏幕上变幻的彩光。当大牙从飞船上走出来时，神已经能用标准的汉语读出一张纸上的中国古诗了：

“白日依山尽，黄河入海流。欲穷千里目，更上一层楼。”

“您学得真快！”伊依惊叹道。

神没有理他，只是沉默着。

大牙解释说：“它的意思是，恒星已在行星的山后面落下，一条叫黄河的河流向着大海的方向流去——哦，这河和海都是由那种由一个氧原子和两个氢原子构成的化合物组成——要想看得更远，就应该在建筑物上登得更高些。”

神仍然沉默着。

“尊敬的神，您不久前曾君临吞食帝国，那里的景色与写这首诗的虫虫

的世界十分相似，有山有河也有海，所以……”

“所以我明白诗的意思。”神说。球体突然移动到大牙头顶上，伊依感觉它就像一只盯着大牙看的没有瞳仁的大眼睛，“但，你，没有感觉到些什么？”

大牙茫然地摇摇头。

“我是说，隐含在这个简洁的方块符号矩阵的表面含义之后的一些东西？”

大牙显得更茫然了，于是神又吟诵了一首古诗：

“前不见古人，后不见来者。念天地之悠悠，独怆然而涕下。”

大牙赶紧殷勤地解释道：“这首诗的意思是：向前看，看不到在遥远过去曾经在这颗行星上生活过的虫虫；向后看，看不到未来将要在这颗行星上生活的虫虫。感到时空的无限，于是哭了。”

神沉默。

“呵，哭是地球虫虫表达悲哀的一种方式，它们的视觉器官……”

“你仍没感觉到什么？”神打断了大牙的话。球体又向下降了一些，几乎贴到大牙的鼻子上。

大牙这次坚定地摇摇头：“尊敬的神，我想里面没有什么的。一首很简单的小诗罢了。”

接下来，神又连续吟诵了几首古诗，都很简短，且属于题材空灵超脱的一类，有李白的《早发白帝城》《静夜思》《黄鹤楼送孟浩然之广陵》、柳宗元的《江雪》、崔颢的《黄鹤楼》、孟浩然的《春晓》等。

大牙说：“在吞食帝国，有许多长达百万行的史诗。尊敬的神，我愿意把它们全部献给您！相比之下，人类虫虫的诗是这么短小简陋，就像它们的技术……”

球体忽地从大牙头顶飘开去，在半空中沿着随机的曲线飘行：“使者，我知道你们最大的愿望就是希望我回答一个问题：吞食帝国已经存在了八千万年，为什么其技术仍徘徊在原子时代？我现在有答案了。”

大牙热切地望着球体说：“尊敬的神，这个答案对我们很重要！求您……”

“尊敬的神，”伊依举起一只手大声说，“我也有一个问题，不知能不能问？”

大牙恼怒地瞪着伊依，像要把他一口吃了似的，但神说：“我仍然讨厌地球虫子，但那些小矩阵为你赢得了这个权利。”

“艺术在宇宙中普遍存在吗？”

球体在空中微微颤动，似乎在点头：“是的，我就是一名宇宙艺术的收集和研究者。我穿行于星云间，接触过众多文明的各种艺术，它们大多是庞杂而晦涩的体系。用如此少的符号，在如此小巧的矩阵中包含如此丰富的感觉层次和含义分支，而且还要受到严酷得有些变态的诗律和音韵的约束——这，我确实是第一次见到。使者，现在可以把这虫子扔了。”

大牙再次把伊依抓在爪子里：“对，该扔了它，尊敬的神。吞食帝国中心网络中存储的人类文化资料是相当丰富的，现在您的记忆中已经拥有了所有资料，而这个虫虫，大概就记得那么几首小诗。”说着，它拿着伊依向焚化口走去。“把这些纸片也扔了。”神说。大牙又赶紧反身，用另一只爪子收拾纸片，这时伊依在大爪中高喊：

“神啊，把这些写着人类古诗的纸片留作纪念吧！您收集到了一种不可

超越的艺术，向宇宙中传播它吧！”

“等等。”神再次制止了大牙。伊依已经悬到了焚化口上方，感到了下面蓝色火焰的热力。球体飘过来，悬停在距伊依的额头几厘米处。他同刚才的大牙一样，受到了那只没有瞳仁的巨眼的逼视。

“不可超越？”

“哈哈哈——”大牙举着伊依大笑起来，“这个可怜的虫虫居然在伟大的神面前说这样的话。滑稽！人类还剩下什么？你们失去了地球上的一切，科学知识也忘得差不多了。有一次在晚餐桌上，我在吃一个人之前问它，地球保卫战争中的人类的原子弹是用什么做的？他说是原子做的！”

“哈哈哈哈——”神也被大牙逗得大笑起来，球体颤动得成了椭圆，“不可能有比这更正确的回答了，哈哈哈——”

“尊敬的神，这些脏虫虫就剩下几首小诗了！哈哈哈——”

“但它们是不可超越的！”伊依在大爪中挺起胸膛庄严地说。

球体停止了颤动，用近似耳语的声音说：“技术能超越一切。”

“这与技术无关，这是人类心灵世界的精华，不可超越！”

“那是因为你不知道技术最终能具有什么样的力量，小虫子。小小的虫子，你不知道。”神的语气变得父亲般温柔，但潜藏在深处的阴冷杀气让伊依不寒而栗，“看着太阳。”

伊依按神的话做了。他们位于地球和火星轨道之间的太空，太阳的光芒使他眯起了双眼。

“你最喜欢的颜色是什么？”神问。

“绿色。”

话音刚落，太阳变成了绿色。那绿色妖艳无比，太阳仿佛是一只突然浮现在太空深渊中的猫眼，在它的凝视下，整个宇宙都变得诡异无比。

大牙爪子一颤，伊依掉在平面上。当理智稍稍恢复后，他们都意识到一个比太阳变绿更加令人震撼的事实：从这里到太阳，光需要行走十几分钟，但这一切都发生在一瞬间！

半分钟后，太阳恢复原状，又发出耀眼的白光。

“看到了吗？这就是技术，是这种力量使我们的种族从海底淤泥中的鼻涕虫变为神。其实技术本身才是真正的神，我们都真诚地崇拜它。”

伊依眨着昏花的双眼说：“但神并不能超越那样的艺术，我们也有神，想象中的神，我们崇拜他们，但并不认为他们能写出李白和杜甫那样的诗。”

神冷笑了两声，对伊依说：“真是一只无比固执的虫子，这使你更让人厌恶。不过，为了消遣，就让我来超越一下你们的矩阵艺术吧！”

伊依也冷笑了两声：“不可能的，首先你不是人，不可能有人的心灵感受，人类艺术在你那里只是石板上的花朵，技术并不能使你超越这个障碍。”

“技术超越这个障碍易如反掌，给我你的基因！”

伊依不知所措。“给神一根头发！”大牙提醒说。伊依伸手拔下一根头发，一股无形的吸力将头发吸向球体，然后从球体飘落到平面，神只是提取了发根上的一点皮屑。

球体中的白光涌动起来，渐渐变得透明，里面充满了清澈的液体，浮起串串水泡。接着，伊依在液体中看到了一个蛋黄大小的球，它在射入液

球的阳光中呈淡红色，仿佛自己会发光。小球很快长大，伊依认出那是一个蜷曲着的胎儿，他肿胀的双眼紧闭着，大大的脑袋上交错着红色的血管。胎儿继续成长，小身体终于伸展开来，像青蛙似的在液球中游动。液体渐渐变得浑浊，透过液球的阳光只映出一个模糊的影子。看得出那个影子仍在飞速成长，最后变成了一个游动着的成人的身影。

这时，液球又恢复成原来那样完全不透明的白色光球，一个赤裸的人从球中掉出来，落到平面上。伊依的克隆体摇摇晃晃地站了起来，阳光在他湿漉漉的身体上闪亮。他的头发和胡子老长，但看得出来只有三四十岁的样子。除了一样的精瘦外，一点也不像伊依本人。克隆体僵立着，呆滞的目光看着无限的远方，似乎对这个刚刚进人的宇宙浑然不知。

在他的上方，球体的白光暗下来，最后完全熄灭，球体本身也像蒸发似的消失了。但这时，伊依感觉什么东西又亮了起来，很快发现那是克隆体的眼睛，它们由呆滞突然变得充满了智慧的灵光。后来伊依知道，神的记忆这时已全部转移到克隆体中了。

“冷，这就是冷？”一阵轻风吹来，克隆体双手抱住湿漉漉的双肩，浑身打战，但声音里充满了惊喜，“这就是冷。这就是痛苦，精致的、完美的痛苦。我在星际间苦苦寻觅的感觉，尖锐如洞穿时空的**十维弦**，晶莹如类星体中心的纯能钻石，啊——”他伸开皮包骨头的双臂，仰望银河，“前不见古人，后不见来者，念宇宙之……”克隆体冷得牙齿咯咯作响，赶紧停止了出生演说，跑到焚化口边烤火。

克隆体把两手放到焚化口的蓝火焰上，哆哆嗦嗦地对伊依说：“其实，我现在进行的是一项很普通的操作。当我研究和收集一种文明的艺术时，总是将自己的记忆借宿于该文明的一个个体中，这样才能保证对该艺术的完全理解。”

焚化口中的火焰亮度剧增，周围的平面上也涌动着各色的光晕，伊依感觉这里仿佛成了一块漂浮在火海上的毛玻璃。

大牙低声对伊依说：“焚化口已转换为制造口了，神正在进行‘能—质’转换。”看到伊依不太明白，他又解释说，“傻瓜，就是用纯能制造物品——上帝的活计！”

制造口突然喷出一团白色的东西，在空中展开并落了下来，原来是一件衣服。克隆体接住衣服穿了起来。伊依看到那竟是一件宽大的唐朝古装，用雪白的丝绸做成，有宽大的黑色镶边。刚才还一副可怜相的克隆体穿上它后立刻就显得像神仙下凡。伊依实在想象不出它是如何从蓝火焰中被制造出来的。

又有物品被制造出来——从制造口飞出一块黑色的东西，像石头一样咚地砸在平面上。伊依跑过去拾起来。他几乎不敢相信自己的眼睛——手中拿着的，分明是一方沉重的石砚，而且还是冰凉的。接着又有什么啪地

知识点拓展

十维弦：目前尝试统一量子力学和广义相对论的最热门的物理学理论。该理论认为，构成物质的粒子和传递相互作用的粒子均是由弦构成的，弦的不同振动模式对应不同的粒子。弦是一维的，它在由一维的时间和九维空间构成的十维时空中振动。

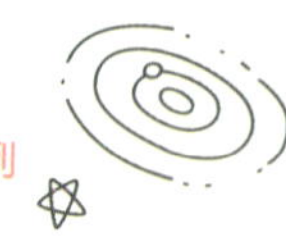

掉下来，伊依拾起那个黑色的条状物。他没猜错，这是一块墨！接着被制造出来的是几支毛笔、一副笔架、一张雪白的宣纸——从火里飞出的纸！还有几件古色古香的案头小饰品，最后制造出来的也是最大的一件东西是：一张样式古老的书案！伊依和大牙忙着把书案扶正，把那些小东西在案头摆放好。

“转化这些东西的能量，足以把一颗行星炸成碎末。”大牙对伊依耳语，声音有些发颤。

克隆体走到书案旁，看着上面的摆设，满意地点点头，一手理着刚刚干了的胡子，说：“我，李白。”

伊依审视着克隆体问：“你是说想成为李白呢，还是真把自己当成了李白？”

“我就是李白，超越李白的李白！”

伊依笑着摇摇头。

“怎么，到现在你还怀疑吗？”

伊依点点头说：“不错，你们的技术远远超过了我的理解力，已与人类想象中的神力和魔法无异，即使是在诗歌艺术方面也有让我惊叹的东西——跨越如此巨大的文化和时空鸿沟，你竟能感觉到中国古诗的内涵……但理解李白是一回事，超越他又是另一回事，我仍然认为你面对的是不可超越的艺术。”

克隆体——李白的脸上浮现出高深莫测的笑容，但转瞬即逝。他手指书案，对伊依大喝一声：“研墨！”然后径自走去，在快要走到平面边缘时站住，理着胡须遥望星河沉思起来。

伊依提起书案上的一只紫砂壶向砚上倒了一点清水，拿过那条墨研了起来。他是第一次干这个，笨拙地斜着墨条磨边角。看着砚台中渐渐浓起来的墨汁，伊依想到自己正身处距太阳1.5个天文单位的茫茫太空中，这个无限薄的平面（即使在刚才由纯能制造物品时，从远处看它仍没有厚度）仿佛是飘浮在宇宙深渊中的舞台，在它上面，一头恐龙，一个被恐龙当作肉食家禽饲养的人，一个穿着唐朝古装、准备超越李白的技术之神，正在上演一场怪诞到极点的活剧，伊依不禁摇头苦笑起来。

墨研得差不多了，伊依站起来，同大牙一起等待着。这时，平面上的轻风已经停止，太阳和星河静静地发着光，仿佛整个宇宙都在期待。李白静立在平面边缘。由于平面上的空气层几乎没有散射，他在阳光中的明暗部分极其分明，除了理胡须的手不时动一下外，简直就是一尊石像。伊依和大牙等啊等，时间在静静地流逝，书案上蘸满了墨的毛笔渐渐有些发干。不知不觉，太阳的位置已移动了很多，把他们和书案、飞船的影子长长地投在平面上，书案上平铺的白纸仿佛变成了平面的一部分。终于，李白转过身来，慢步走到书案前。伊依赶紧把毛笔重新蘸了墨，双手递了过去，但李白抬起一只手回绝了，只是看着书案上的白纸继续沉思，目光中有了些新的东西。

伊依得意地看出，那是困惑和不安。

“我还要制造一些东西，那都是……易碎品，你们去小心接着。”李白指了指制造口说。那里面本来已暗淡下去的蓝焰又明亮起来。伊依和大牙刚刚跑过去，就有一条蓝色的火舌把一个球形物推出来。大牙眼疾手快地接住了，细看是一个大坛子。接着又从蓝焰中飞出了三只大碗，伊依接住

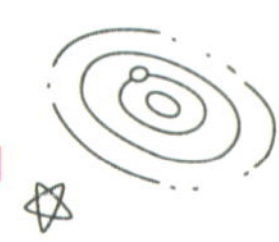

了其中的两只，有一只摔碎了。大牙把坛子抱到书案上，小心地打开封盖，一股浓烈的酒味溢了出来，他和伊依惊奇地对视了一眼。

“在我从吞食帝国接收到的地球信息中，有关人类酿造业的资料不多，所以这东西造得不一定准确。”李白说，同时指着酒坛示意伊依尝尝。

伊依拿碗从中舀了一点儿，抿了一口，一股火辣感从嗓子眼儿流到肚子里，他点点头：“是酒，但是与我们为改善肉质喝的那些相比太烈了。”

“满上。”李白指着书案上的另一只空碗说。待大牙倒满烈酒后，李白端起来咕咚咚一饮而尽，然后转身再次向远处走去，不时踉跄两下。到达平面边缘后，他又站在那里对着星海深思。但与上次不同的是，他的身体有节奏地左右摆动，像在和着某首听不见的曲子。这次李白沉思不久就走回到书案前，回来的一路上近乎在跳舞。面对伊依递过来的笔，他一把抓过扔到远处。

“满上。”李白眼睛直勾勾地盯着空碗说。

…………

一小时后，大牙用两只大爪小心翼翼地把烂醉如泥的李白放到已清空的书案上，但他一翻身又骨碌下来，嘴里嘀咕着恐龙和人都听不懂的语言。他已经红红绿绿地吐了一大摊——真不知是什么时候吃进的这些食物——宽大的古装上也污了一片。那一摊呕吐物被平面发出的白光透过，形成了一幅抽象图形。李白的嘴上黑乎乎的全是墨，这是因为在喝光第四碗后，他曾试图在纸上写什么，但只是把蘸饱墨的毛笔重重地戳到桌面上，接着，李白就像初学书法的小孩子那样，试图用嘴把笔毛理顺……

“尊敬的神？”大牙俯下身来小心翼翼地问。

“哇咦卡啊……卡啊咦唉哇。”李白大着舌头说。

大牙站起身，摇摇头叹了一口气，对伊依说：“我们走吧！”

二 另一条路

伊依所在的饲养场位于吞食者的赤道上。当吞食帝国处于太阳系内层空间时，这里曾是一片夹在两条大河之间的美丽草原。吞食帝国航出木星轨道后，严冬降临了，草原消失，大河封冻，被饲养的人类都转到地下城中。当吞食帝国受到神的召唤而返回后，随着太阳的临近，大地回春，两条大河很快解冻了，草原也开始变绿。

气候好的时候，伊依总是独自住在河边自己搭的一间简陋草棚中，种地过日子。对于一般人来说，这是不被允许的，但由于伊依在饲养场中讲授的古典文学课程有陶冶情操的功能，他的学生的肉有一种很特别的风味，所以恐龙饲养员也就不干涉他了。

这是伊依与李白初次见面两个月后的一个黄昏，太阳刚刚从吞食帝国平直的地平线上落下，两条映着晚霞的大河在天边交汇。在河边的草棚外，微风把远处草原上欢舞的歌声隐隐送来。伊依和自己下着围棋，抬头看到李白和大牙沿着河岸向这里走来。这时的李白已有了很大的变化——他头发蓬乱，胡子老长，脸晒得很黑，左肩挎着一只粗布包，右手提着一个大葫芦，身上那件古装已破烂不堪，脚上穿着一双磨得不像样子的草鞋。伊

依觉得这时的他倒更像一个“人”了。

李白走到围棋桌前，像前几次来一样，不看伊依一眼就把葫芦重重地向桌上一放，说：“碗！”待伊依拿来两只木碗后，李白打开葫芦盖，往两只碗里倒满酒，然后又从布包中拿出一个纸包，打开来，伊依发现里面竟放着切好的熟肉，香味扑鼻，不由得拿起一块嚼了起来。

大牙只是站在两三米远处静静地看着他们。有前几次的经验，他知道他们俩又要谈诗了。对这种谈话，他既无兴趣，也没资格参与。

“好吃，”伊依赞许地点点头，“这牛肉也是纯能转化的？”

“不，我早就回归自然了。你可能没听说过，在距这里很遥远的一个牧场，饲养着来自地球的牛群。这牛肉是我亲自做的，用山西平遥牛肉的做法，诀窍是在炖的时候放——”李白凑到伊依耳边神秘地说，“尿碱。”

伊依迷惑不解地看着他。

“哦，就是人类的小便蒸干以后析出的那种白色的东西，能使炖好的肉外观红润，肉质鲜嫩，肥而不腻，瘦而不柴。”

“这尿碱……也不是纯能做出来的？”伊依惊恐地问。

“我说过自己已经回归自然了！尿碱是我费了好大劲儿从几个人类饲养场收集来的。这是很正宗的民间烹饪技艺，在地球毁灭前就早已失传。”

伊依已经把嘴里的牛肉咽下去了。为了抑制呕吐，他端起了酒碗。

李白指指葫芦说：“在我的指导下，吞食帝国已经建起了几个酒厂，能够生产大部分的地球名酒。这是它们酿制的正宗竹叶青，用汾酒浸泡竹叶而成。”

伊依这才发现碗里的酒与前几次李白带来的不同，呈翠绿色，入口后有甜甜的药草味。

“看来，你对人类文化已了如指掌了。”伊依感慨道。

“不仅如此，我还花了大量的时间亲身体验。你知道，吞食帝国很多地区的风景与李白所在的地球极为相似。这两个月来，我浪迹山水之间，饱览美景，月下饮酒，山巅吟诗，还在遍布各地的人类饲养场中有过几次艳遇……”

“那么，现在总能让我看看你的诗作了吧？”

李白呼地放下酒碗，站起身，不安地踱起步来：“是作了一些诗，而且肯定是些让你吃惊的诗，你会看到，我已经是一个很出色的诗人了，甚至比你和你的祖爷爷都出色。但我不想让你看，因为我同样肯定你会认为那些诗没有超越李白，而我……”他抬起头遥望天边落日的余晖，目光中充满了迷离和痛苦，“也这么认为。”

远处的草原上，舞会已经结束，快乐的人们开始享用丰盛的晚餐。一群少女向河边跑来，在岸边的浅水中嬉戏。她们头戴花环，身上披着薄雾一样的轻纱，在暮色中构成一幅醉人的画面。伊依指着距草棚较近的一个少女问李白：“她美吗？”

“当然。”李白不解地看着伊依说。

“想象一下，用一把利刃把她切开，取出她的每一个脏器，剜出她的眼球，挖出她的大脑，剔出每一根骨头，把肌肉和脂肪按不同部位和功能分割开来，再把所有的血管和神经分别理成两束，最后在这里铺上一大块白布，把这些东西按解剖学原理分门别类地放好，你还觉得美吗？”

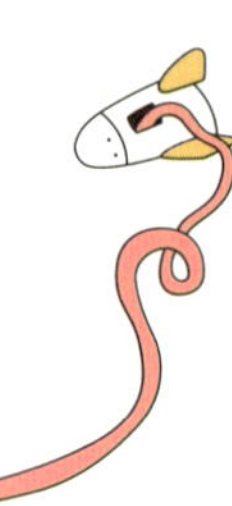

“你怎么在喝酒的时候想到这些？恶心。”李白皱起眉头说。

“怎么会恶心呢？这不正是你所崇拜的技术吗？”

“你到底想说什么？”

“李白眼中的大自然就是你现在看到的河边少女；而同样的大自然在技术的眼中呢，就是那张白布上井然有序但血淋淋的部件。所以，技术是反诗意的。”

“你好像对我有什么建议？”李白理着胡子若有所思地说。

“我仍然不认为你有超越李白的可能，但可以尝试为你指出一个正确的方向：技术的迷雾蒙住了你的双眼，使你看不到自然之美，所以，你首先要做的是把那些超级技术全部忘掉。你既然能够把自己的全部记忆移植到你现在的大脑中，当然也可以删除其中的一部分。”

李白抬头和大牙对视了一眼，两者都哈哈大笑起来。大牙对李白说：“尊敬的神，我早就告诉过您，虫虫是多么的狡诈，您稍不留心就会跌入他们设下的陷阱。”

“哈哈哈哈，是狡诈，但也有趣。”李白对大牙说，然后转向伊依，冷笑着说，“你真的认为我是来认输的？”

“你没能超越人类诗词艺术的巅峰，这是事实。”

李白突然抬起一只手，指着大河，问：“到河边去有几种走法？”

伊依不解地看了李白几秒：“好像……只有一种。”

“不，有两种。我还可以向这个方向走，”李白指着与河相反的方向说，“这样一直走，绕吞食帝国的大环一周，再从对岸过河，也能走到这个岸边。我甚至还可以绕银河系一周再回来。对于我们的技术来说，这也易如反掌。技术可以超越一切！我现在已经被逼得要走另一条路了！”

伊依努力想了好半天，终于困惑地摇摇头：“就算是你有神一般的技术，我还是想不出超越李白的另一条路在哪儿。”

李白站起来说：“很简单，超越李白的两条路是：一、把超越他的那些诗写出来；二、把所有的诗都写出来！”

伊依显得更糊涂了，但站在一旁的大牙似有所悟。

“我要写出所有的五言和七言诗，这是李白所擅长的；另外我还要写出常见词牌的所有的词！你怎么还不明白？我要在符合这些格律的诗词中，试遍所有汉字的所有组合！”

“啊，伟大！伟大的工程！”大牙忘形地欢呼起来。

“这很难吗？”伊依傻傻地问。

“当然难，难极了！如果用吞食帝国最大的计算机来进行这样的计算，可能到宇宙末日也完成不了！”

“没那么多吧？”伊依充满疑问地说。

“当然有那么多！”李白得意地点点头，“但使用你们还远未掌握的量子计算技术，就能在可以接受的时间内完成这样的计算。到那时，我就写出了所有的诗词，包括所有以前写过的和所有以后可能写的。特别注意，所有以后可能写的！超越李白的巅峰之作自然包括在内。事实上，我终结了诗词艺术。直到宇宙毁灭，所出现的任何一个诗人，不管他达到了怎样的高度，都不过是个抄袭者，他的作品肯定能在我那巨大的存储器中检索出来。”

大牙突然发出一声低沉的惊叫，看着李白的目光由兴奋变为震惊，

“巨大的……存储器？尊敬的神，您该不是说，要把量子计算机写出的诗都……都存起来吧？”

“写出来就删除有什么意思呢？当然要存起来！这将是我的种族留在这个宇宙中的艺术丰碑之一！”

大牙的目光由震惊变为恐惧，他粗大的双爪前伸，两腿打弯，像要给李白跪下，声音也像要哭出来似的：“使不得，尊敬的神，这使不得啊！”

“是什么把你吓成这样？”伊依抬头惊奇地看着大牙问。

“你个白痴！你不是知道原子弹是原子做的吗？那存储器也是原子做的，它的存储精度最高只能达到原子级别！知道什么是原子级别的存储嘛？就是说一个针尖大小的地方，就能存下人类所有的书！不是你们现在那点儿书，是地球被吃掉前上面所有的书！”

“啊，这好像是有可能的，听说一杯水中的原子数比地球上海洋中水的杯数都多。这么说，他写完那些诗后带根针走就行了。”伊依指指李白说。

大牙恼怒已极，来回急走几步，总算挤出了一点儿耐性：“好，好，你说，按神说的那些五言七言诗，还有那些常见的词牌，各写一首，总共有多少字？”

“不多，也就两三千字吧，古典诗词是最精练的艺术。”

“那好，我就让你这个白痴虫虫看看它有多么精练！”大牙说着走到桌前，用爪指着上面的棋盘说，“你们管这种无聊的游戏叫什么？哦，围棋，这上面有多少个交叉点？”

“纵横各 19 行，共 361 个点。”

“很好，每个点上可以放黑子、白子或空着，共三种状态，这样，每一个棋局，就可以看作由三个汉字写成的一首 19 行 361 个字的诗。”

“这比喻很妙。”

“那么，穷尽这三个汉字在这种诗上的所有组合，总共能写出多少首诗呢？让我告诉你：3的361次方首，或者说，嗯，我想想，10的172次方首！”

“这……很多吗？”

“白痴！”大牙第三次骂出这个词，“宇宙中的全部原子只有……啊——”它气恼得说不下去了。

“有多少？”伊依仍是那副傻样。

“只有 10 的 80 次方个！你个白痴虫虫啊——”

直到这时，伊依才表现出了一点儿惊奇：“你是说，如果一个原子存储一首诗，用光宇宙中的所有原子，还存不完他的量子计算机写出的那些诗？”

“差得远呢！差 10 的 92 次方倍呢！再说，一个原子哪能存下一首诗？人类虫虫的存储器，存一首诗用的原子数可能比你们的人口都多。至于我们，用单个原子存储一位二进制还仅处于实验室阶段……唉。”

“使者，在这一点上是你目光短浅了。想象力不足，正是吞食帝国技术进步缓慢的原因之一。”李白笑着说，“使用基于量子多态叠加原理的量子存储器，只用很少量的物质就可以存下那些诗。当然，量子存储不太稳定，为了永久保存那些诗作，还需要与更传统的存储技术结合使用。即使这样，制造存储器需要的物质量也是很少的。”

“是多少？”大牙问，看那样子显然心已提到了嗓子眼儿。

“大约为10的57次方个原子。微不足道，微不足道。”

“这……这正好是整个太阳系的物质量！”

“是的，包括所有的太阳行星，当然也包括吞食帝国。”

李白最后这句话是轻描淡写地随口而出的，但在伊依听来却像晴天霹雳，不过大牙反倒显得平静下来。长时间受到灾难预感的折磨后，灾难真正来临时，他反而有一种解脱感。

“您不是能把纯能转换成物质吗？”大牙问。

“得到如此巨量的物质需要多少能量你不会不清楚，这对我们也是不可想象的，还是用现成的吧！”

“这么说，皇帝的忧虑不无道理。”大牙自语道。

“是的是的。”李白欢快地说，“我前天已向吞食皇帝说明，这个伟大的环形帝国将被用于一个更伟大的目的，所有的恐龙应该为此感到自豪。”

“尊敬的神，您会看到吞食帝国的感受的。”大牙阴沉地说，“还有一个问题：与太阳相比，吞食帝国的质量实在是微不足道，为了得到这九牛之一毛的物质，有必要毁灭一个进化了几千万年的文明吗？”

“你的这个疑问我完全理解。但要知道，熄灭、冷却和拆解太阳是需要很长时间的，在这之前对诗的量子计算就已经开始了，我们需要及时地把结果存起来，清空量子计算机的内存以继续计算。这样，可以立即用于制造存储器的行星和吞食帝国的物质就是必不可少的了。”

“明白了，尊敬的神。最后一个问题：有必要把所有的组合结果都存起来吗？为什么不能在输出端加一个判断程序，把那些不值得存储的诗作剔除掉？据我所知，中国古诗是要遵从严格的格律的。如果把不符合格律的诗去掉，那最后的总量将大为减少。”

“格律？哼，”李白不屑地摇摇头，“那不过是对灵感的束缚。中国南北朝以前的古体诗并不受格律的限制，即使是在唐代以后严格的近体诗中，也有许多古典诗词大师不遵从格律，写出了大量卓越的变体诗。所以，在这次终极吟诗中，我将不考虑格律。”

“那您总该考虑诗的内容吧？最后的计算结果中，肯定有百分之九十九的诗是毫无意义的，存下这些随机的汉字矩阵有什么用？”

“意义？”李白耸耸肩说，“使者，诗的意义并不取决于你的认可，也不取决于我或其他任何人——它取决于时间。许多在当时毫无意义的诗后来成了旷世杰作，而现今和以后的许多杰作在遥远的过去肯定也曾是毫无意义的。我要作出所有的诗，亿亿亿万年之后，谁知道伟大的时间会把其中的哪首选为巅峰之作呢？”

“这简直荒唐！”大牙大叫起来，它那粗嘎的嗓音惊起了远处草丛中的几只鸟，“如果按现有的人类虫虫的汉字字库，您的量子计算机写出的第一首诗应该是这样的：

啊啊啊啊啊
啊啊啊啊啊
啊啊啊啊啊
啊啊啊啊唉

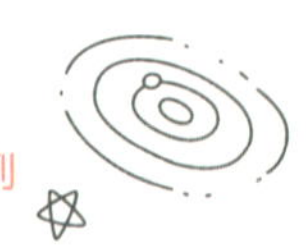

“请问，伟大的时间会把这首选为杰作？”

一直不说话的伊依这时欢叫起来：“哇！还用什么伟大的时间来选？它现在就是一首巅峰之作耶！前三行和第四行的前四个字都是表达生命对宏伟宇宙的惊叹；最后一个字是诗眼，是诗人在领略了宇宙之浩渺后，对生命在无限时空中的渺小发出的一声无奈的叹息。”

“呵呵呵呵呵。”李白捋着胡须乐得合不上嘴，“好诗，伊依虫虫，真的是好诗。呵呵呵……”说着拿起葫芦给伊依倒酒。

大牙挥起巨爪，一巴掌把伊依打了老远：“混账虫虫！我知道你现在高兴了，可不要忘记，吞食帝国一旦毁灭，你们也活不了！”

伊依一直滚到河边，好半天才爬起来。他满脸沙土，咧大了嘴，不顾疼痛地大笑起来：“哈哈，有趣，这个宇宙真不可思议！”他忘形地喊道。

“使者，还有问题吗？”看到大牙摇头，李白接着说，“那么，我明天就要离开。后天，量子计算机将启动作诗软件，终极吟诗将开始，同时，熄灭太阳，拆解行星和吞食帝国的工程也将启动。”

“尊敬的神，吞食帝国在今天夜里就能做好战斗准备！”大牙立正后庄严地说。

“好好，真是很好，往后的日子会很有趣的。但这一切发生之前，还是让我们喝完这一壶吧！”李白快乐地点点头说，同时拿起了酒葫芦。倒完酒，他看着已笼罩在夜幕中的大河，意犹未尽地回味着，“真是一首好诗。第一首，呵呵，第一首就是好诗。”

三　终极吟诗

吟诗软件其实十分简单，用人类的 C 语言表达可能不超过两千行代码，另外再加一个存储所有汉字字符的不大的数据库。当这个软件在位于海王星轨道上的那台量子计算机（一个飘浮在太空中的巨大透明锥体）上启动时，终极吟诗就开始了。

这时吞食帝国才知道，李白只是超级文明种族中的一个个体。这与以前预想的不同，当时恐龙们都认为，进化到这样技术级别的社会在意识上早就融为一个整体了，吞食帝国在过去一千万年中遇到的五个超级文明都是这种形态。但李白一族保持了个体的存在，这也部分解释了他们对艺术超常的理解力。当吟诗开始时，李白一族又有大量的个体从外太空的各个方位跃迁到太阳系，开始了制造存储器的工程。

吞食帝国上的人类看不到太空中的量子计算机，也看不到新来的神族。在他们看来，终极吟诗的过程，就是太空中太阳数目的增减过程。

在吟诗软件启动一个星期后，神族成功地熄灭了太阳。这时，太空中太阳的数目减到零，但太阳内部核聚变的停止使恒星的外壳失去了支撑，很快坍缩成一颗超新星，于是暗夜很快又被照亮，只是这颗太阳的亮度是以前的上百倍，使吞食帝国表面草木生烟。超新星又被熄灭了，但过一段时间后又爆发了，就这样亮了又灭，灭了又亮，仿佛太阳是一只九条命的猫，在没完没了地挣扎。但神族对于杀死恒星其实很熟练，他们从容不迫

地一次次熄灭超新星，使它的物质最大比例地聚变为制造存储器所需的重元素。当第十一次超新星熄灭后，太阳才真正咽了气。这时，终极吟诗已经开始了三个地球月。早在此之前，在第三次超新星出现时，太空中就有其他的太阳出现，这些太阳在太空中的不同位置此起彼伏地亮起或熄灭，最多时，天空中出现过九个新太阳。这些太阳是神族在拆解行星时释放的能量，由于后来恒星太阳的闪烁已变得暗弱，人们就分不清这些太阳的真假了。

对吞食帝国的拆解是在吟诗开始后第五个星期进行的。这之前，李白曾向帝国提出了一个建议：由神族将所有恐龙跃迁到银河系另一端的一个世界。那里有一个文明，比神族落后许多，仍未纯能化，但比吞食文明要先进得多。恐龙们到那里后，将作为一种小家禽被饲养，过上衣食无忧的快乐生活。但恐龙们宁为玉碎不为瓦全，愤怒地拒绝了这个提议。

李白接着提出了另一个要求：让人类活下来，并返回他们的母亲星球。其实，地球也被拆解了，它的大部分用于制造存储器，但神族还是剩下了其中的一小部分物质为人类建造了一个空心地球。空心地球的大小与原地球差不多，但其质量仅为后者的百分之一。说地球被掏空了是不确切的，因为原地球表面那层脆弱的岩石根本不可能用来做球壳。球壳的材料可能取自地核，另外球壳上像经纬线般交错的、虽然很细但强度极高的加固圈，是用太阳坍缩时产生的简并态中子物质制造的。

令人感动的是，吞食帝国不但立即答应了李白的要求，允许所有人类离开大环世界，还把从地球掠夺来的海水和空气全部还给了人类，神族借此在空心地球内部恢复了原地球的大陆、海洋和大气层。

接着，惨烈的大环保卫战开始了。吞食帝国向太空中的神族目标发射大批核弹和伽马射线激光，但这些对敌人毫无作用。在神族发射的一个无形的强大力场推动下，吞食者大环越转越快，最后在超速自转产生的离心力下解体了。这时，伊依正在飞向空心地球的途中。他从一千二百万千米之外目睹了吞食帝国毁灭的全过程：

大环解体的过程很慢，如同梦幻。在漆黑太空的背景上，这个巨大的世界如同一团浮在咖啡上的奶沫一样散开。边缘的碎块渐渐隐没于黑暗之中，仿佛被太空溶解了，只有不时出现的爆炸的闪光才使它们重新现形。

这个充满阳刚之气的伟大文明就这样被毁灭了，伊依悲哀万分。只有一小部分恐龙活了下来，与人类一起回归地球，其中包括使者大牙。

在返回地球的途中，人类普遍都很沮丧，但原因与伊依不同——回到地球后是要开荒种地才有饭吃的，这对于已在长期被饲养的生活中变得四体不勤、五谷不分的人类来说，简直像一场噩梦。

但伊依对地球世界的前途满怀信心，不管前面有多少磨难，人将重新成为人。

四　诗云

吟诗航行的游艇到达了南极海岸。

这里的重力已经很小，海浪的运行十分缓慢，像是一种描述梦幻的舞

蹈。在低重力下，拍岸浪把水花儿送上十几米高处，飞上半空的海水由于表面张力而形成无数水球，大的像足球，小的如雨滴。这些水球下落缓慢，慢到可以用手在它们周围画圈。它们折射着小太阳的光芒，使上岸后的伊依、李白和大牙置身于一片晶莹灿烂之中。低重力下的雪也很奇特，呈蓬松的泡沫状，浅处齐腰深，深处能把大牙都淹没。但在被淹没后，他们竟能在雪末中正常呼吸！整个南极大陆就覆盖在这雪末之下，起伏不平，一片雪白。

伊依一行乘一辆雪地车前往南极点。雪地车像是一艘掠过雪末表面的快艇，在两侧激起片片雪浪。

第二天，他们到达了南极点。极点的标志是一座高大的水晶金字塔，这是为纪念两个世纪前的地球保卫战而建造的纪念碑，上面没有任何文字和图形，只有晶莹的碑体在地球顶端的雪末之上默默地折射着阳光。

从这里看去，整个地球世界尽收眼底。光芒四射的小太阳周围，围绕着大陆和海洋，使它看上去仿佛是从北冰洋中浮出来似的。

“这个小太阳真的能够永远亮着吗？”伊依问李白。

“至少能亮到新的地球文明进化到能制造新太阳之时。它是一个微型白洞。”

“白洞？是黑洞的反演吗？”大牙问。

“是的，它通过空间虫洞与二百万光年外的一个黑洞相连。那个黑洞围绕着一颗恒星运行，它吸入的恒星的光从这里被释放出来，可以把它看作一根超时空光纤的出口。”

纪念碑的塔尖是拉格朗日轴线的南起点，这是指连接空心地球南北两极的轴线，因战前地月之间的零重力拉格朗日点而得名，是一条长一万三千千米的零重力轴线。以后，人类肯定要在拉格朗日轴线上发射各种卫星。比起战前的地球来，这种发射易如反掌——只需把卫星运到南极点或北极点——愿意的话用驴车运都行——然后用脚把它向空中踹出去就行了。

就在他们观看纪念碑时，又有一辆较大的雪地车载来了一群年轻的旅行者。这些人下车后双腿一弹，径直跃向空中，沿拉格朗日轴线高高飞去，把自己变成了卫星。从这里看去，有许多小黑点在空中标出了轴线的位置，那都是在零重力轴线上飘浮的游客和各种车辆。本来从这里可以直接飞到北极，但小太阳位于拉格朗日轴线中部，最初有些沿轴线飞行的游客因随身携带的小型喷气推进器坏了，无法减速，只能朝太阳飞去。不过，在距小太阳很远的距离上，他们就被蒸发了。

在空心地球，进入太空也是一件很容易的事，只需要跳进赤道上的五口深井（名叫地门）中的一口，向下坠落一百千米，穿过地壳，就被空心地球自转的离心力抛进太空了。

现在，伊依一行为了看诗云也要穿过地壳，但他们走的是南极的地门，在这里，地球自转的离心力为零，所以不会被抛入太空，只能到达空心地球的外表面。他们在南极地门控制站穿好轻便太空服后，就进入了那条长一百千米的深井，由于没有重力，叫它隧道更合适一些。在失重状态下，他们借助太空服上的喷气推进器前进，这比在赤道的地门中坠落要慢得多，用了半个小时才来到外表面。

空心地球外表面十分荒凉，只有纵横的中子材料加固圈。这些加固圈

把地球外表面按经纬线划分成许多个方格，南极点正是所有经线加固圈的交点。当伊依一行走出地门后，发现自己身处一个面积不大的高原上，地球加固圈像一道道漫长的山脉，以高原为中心呈放射状朝各个方向延伸。

抬头，他们看到了诗云。

诗云处于已消失的太阳系所在的位置，是一片直径为一百个天文单位的旋涡状星云，形状很像银河系。空心地球处于诗云边缘，与原来太阳在银河系中的位置也很相似。不同的是，地球的轨道与诗云不在同一平面，这就使得从地球上可以看到诗云的侧面，而不是像银河系那样只能看到截面。但地球离开诗云平面的距离还远不足以使这里的人们观察到诗云的完整形状——事实上，南半球的整个天空都被诗云所覆盖。

诗云发出银色的光芒，能在地上投下人影。据说诗云本身是不发光的，这银光是宇宙射线激发出来的。由于宇宙射线密度不均，诗云中常涌动着大团的光晕，那些色彩各异的光晕滚过长空，好像是潜行在诗云中的发光巨鲸。也有很少的时候，宇宙射线的强度急剧增加，在诗云中激发出粼粼的光斑。这时的诗云已完全不像云了，整个天空仿佛是在月夜从水下看到的海面。地球与诗云的运行并不是同步的，所以有时地球会处于旋臂间的空隙上，这时，透过空隙可以看到夜空和星星。最为激动人心的是，在旋臂的边缘还可以看到诗云的断面形状，它很像地球大气中的积雨云，变幻出各种宏伟的让人浮想联翩的形体。这些巨大的形体高高地升出诗云的旋转平面，发出幽幽的银光，仿佛是一个超级意识里没完没了的梦境。

伊依把目光从诗云收回，从地上拾起一块晶片。这种晶片散布在他们周围的地面上，像严冬的碎冰般闪闪发亮。伊依举起晶片，对着诗云密布的天空。晶片很薄，有半个手掌大小，正面看全透明，但把它稍斜一下，就会看到诗云的亮光在它表面映出的霓彩光晕。这就是量子存储器，人类历史上产生的全部文字信息，也只能占一块晶片存储量的几亿分之一。诗云就是由 10 的 40 次方片这样的存储器组成的，它们存储了终极吟诗的全部结果。这片诗云，是用原来构成太阳和它的八大行星的全部物质所制造，当然也包括吞食帝国。

“真是伟大的艺术品！”大牙由衷地赞叹道。

“是的，它的美在于其内涵——一片直径一百亿千米、包含着全部可能的诗词的星云——这太伟大了！”伊依仰望着星云激动地说，“我也开始崇拜技术了。”

一直情绪低落的李白长叹一声：“唉，看来我们都在走向对方。我看到了技术在艺术上的极限，我……”他抽泣起来，“我是个失败者，呜呜……”

“你怎么能这样讲呢？”伊依指着上空的诗云说，“这里面包含了所有可能的诗，当然也包括那些超越李白的诗！”

“可我却得不到它们！”李白一跺脚，飞起了几米高，又在地壳那十分微小的重力下缓缓下落，“在终极吟诗开始时，我就着手编制诗词识别软件，但技术在艺术中再次遇到了不可逾越的障碍。到现在，具备古诗鉴赏力的软件还没能编出来。”他在半空中指指诗云，“不错，借助伟大的技术，我写出了诗词的巅峰之作，却不可能把它们从诗云中检索出来，唉……”

“智慧生命的精华和本质，真的是技术所无法触及的吗？”大牙仰头对

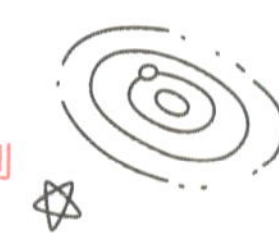

着诗云大声问。经历过这一切，它变得越来越哲学了。

“既然诗云中包含了所有可能的诗，那其中自然有一部分诗，是描写我们全部的过去和所有可能与不可能的未来的。伊依虫虫肯定能找到一首诗，描述他在三十年前的一天晚上剪指甲时的感受，或十二年后的一顿午餐的菜谱；大牙使者也可以找到一首诗，描述它的腿上的一块鳞片在五年后的颜色……”说着，已重新落回地面的李白拿出了两块晶片，它们在诗云的照耀下闪闪发光，“这是我临走前送给二位的礼物——量子计算机以你们的名字为关键词，从诗云中检索出了几亿亿首与二位有关的诗。这些诗描述了你们在未来各种可能的生活，现在它们都在这里了，当然，在诗云中，这也只占描写你们的诗作的极小一部分。我只看过其中的几十首，最喜欢的是关于伊依虫虫的一首七律，描写他与一位美丽的村姑在江边相爱的情景……我走后，希望人类和剩下的恐龙好好相处，人类之间更要好好相处。要是空心地球的球壳被核弹炸个洞，可就麻烦了……”

“我和那位村姑后来怎样了？”伊依好奇地问。

在诗云的银光下，李白嘻嘻一笑：“你们幸福地生活在一起。”

一　爱因斯坦赤道

“有一句话我早就想对你们说了，”丁仪对妻子和女儿说，“我的心大部分都被物理学占据了，只能努力挤出一个小角落给你们。为此我很痛苦，但也实在是没办法。”

他的妻子方琳说：“这话你对我说过两百遍了。”

十岁的女儿文文说：“对我也说过一百遍了。”

丁仪摇摇头说：“可你们始终没能理解我这话的真正含义。你们不懂得物理学到底是什么。”

方琳笑着说：“只要它的性别不是女就行。”

这时，他们一家三口正坐在一辆时速达 500 千米的小车上，行驶在一条直径五米的钢管中。这根钢管的长度约为 30 000 千米，在北纬 45 度上绕地球一周。

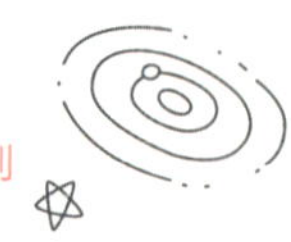

小车完全自动行驶，透明的车厢内没有任何驾驶设备。从车里看出去，钢管笔直地伸向前方，小车像是一颗飞行在无限长的枪管中的子弹。前方的洞口似乎固定在无限远处，看上去针尖大小，一动不动。如果不是周围的管壁如湍急的流水飞快掠过，他们肯定觉察不出车的运动。在小车启动或停下时，可以看到管壁上安装的数量惊人的仪器，还有无数等距离的箍圈。当车加速启动后，它们就在两旁浑然不觉地掠过，看不清了。丁仪告诉她们，那些箍圈是用于产生强磁场的超导线圈，而悬在钢管正中的那条细管是粒子通道。

他们正行驶在人类迄今为止所建立的最大的粒子加速器中。这台环绕地球一周的加速器被称为“爱因斯坦赤道”，借助它，物理学家将站在 20 世纪那个巨人肩上实现巨人最后的梦想——建立宇宙的大统一模型。

这辆小车本是加速器工程师用于维修的，现在被丁仪用来带着全家进行环球旅行。这次旅行是他早就答应妻子和女儿的，但她们万万没有想到要走这条路。在这耗时六十小时的环绕地球一周的旅行中，她们除了笔直的钢管什么都没看到。不过，方琳和文文还是很高兴和满足，至少在这两天多的时间里，全家人能难得地聚在一起。

旅行的途中并不枯燥，丁仪不时指着车外飞速掠过的管壁，对文文说：“我们现在正在驶过蒙古国，看到大草原了吗？还有羊群……我们在经过日本，但只是擦过它的北角。看，朝阳照到积雪的国后岛上了，那可是今天亚洲迎来的第一抹阳光……我们现在在太平洋洋底了，真黑，什么都看不见。哦不，那边有亮光，暗红色的。嗯，看清了，那是洋底火山口，它涌出的岩浆遇水很快冷却了，所以那暗红色的光一闪一闪的，像海底平原上的篝火。文文，大陆正在这里生长啊……”

后来，他们又在钢管中驶过了美国全境，潜过了大西洋，从法国海岸登上欧洲的土地，驶过意大利和巴尔干半岛，第二次进入俄罗斯，然后从里海回到亚洲，穿过哈萨克斯坦进入中国。现在，他们已走完最后的路程，回到了爱因斯坦赤道在塔克拉玛干沙漠中的起点——世界核子中心，这儿也是环球加速器的控制中心。

当丁仪一家从控制中心大楼出来时，外面已是深夜，广阔的沙漠静静地在群星下伸向远方，世界显得简单而深邃。

“好了，我们三个基本粒子，已经在爱因斯坦赤道中完成了一次加速实验。”丁仪兴奋地对方琳和文文说。

“爸爸，真的粒子要在这根大管子中跑这么一大圈，要多长时间？”文文指着他们身后的加速器管道问。那管道从控制中心两侧向东西两个方向延伸，很快消失在夜色中。

丁仪回答说：“明天，加速器将首次以它最大的能量运行。在其中运行的每个粒子，将受到相当于一颗核弹的能量推动，加速到接近**光速**。那时，每个粒子在管道中只需十分之一秒就能走完我们这两天多的环球旅程。”

方琳说：“别以为你已经实现了自己的诺言，这次环球旅行是不算的！”

“对！”文文点点头说，“爸爸以后有时间，一定要带我们在这根长管子的外面沿着它走一圈，看看我们在管子里面到过的地方，那才叫真正的环球旅行呢！”

“不需要。”丁仪对女儿意味深长地说，“如果你睁开了想象力的眼睛，那这次旅行就足够了。你已经在管子中看到了你想看的一切，甚至更多！

孩子，更重要的是，蓝色的海洋、红色的花朵、绿色的森林都不是最美的东西，真正的美，眼睛是看不到的，只有想象力才能看到。与海洋、花朵、森林不同，它没有色彩和形状。只有当你用想象力和数学把整个宇宙在手中捏成一团儿，使它变成你的一个心爱的玩具，你才能看到这种美……”

丁仪没有回家。送走了妻女后，他回到了控制中心。中心只有几个值班工程师，在加速器建成并经过耗时两年的紧张调试后，这里第一次这么宁静。

丁仪上到楼顶，站在高高的露天平台上。看到下面的加速器管道像一条把世界一分为二的直线，他心生了一种感觉：夜空中的星星像无数只眼睛，它们的目光此时都聚焦在下面这条直线上。

丁仪回到下面的办公室，躺在沙发上睡着了，进入了一个理论物理学家的梦乡。

他坐在一辆小车里，小车停在爱因斯坦赤道的起点。小车启动，他感

知识点拓展

光速：真空中的光速是自然界物体运动的最大速度。光速与观测者相对于光源的运动速度无关。物体的质量将随着速度的增大而增大，当物体的速度接近光速时，它的动质量将趋于无穷大，所以质量不为零的物体达到光速是不可能的。只有静质量为零的光子，才始终以光速运动着。光速与任何速度叠加，得到的仍然是光速。

真空中光速定义值：

c=299 792 458 米 / 秒

=299 792.458 千米 / 秒

觉到了加速时强劲的推力。他在 45 度纬线上绕地球旋转，一圈又一圈，像轮盘赌上的骰子。随着速度趋近光速，急剧增加的质量使他的身体如一尊金属塑像般凝固着。意识到这个身体中已蕴含了创世的能量，他有一种帝王般的快感。在最后一圈时，他被引入一条支路，冲进一个奇怪的地方。这里是虚无之地。他看到了虚无的颜色，虚无不是黑色，也不是白色，它是无色彩，但也不是透明。在这里，空间和时间都还是有待于他去创造的东西。他看到前方有一个小黑点，急剧扩大，那是另一辆小车，车上坐着另一个自己。他们以光速相撞后同时消失了，只在无际的虚空中留下一个无限小的**奇点**，这万物的种子爆炸开来，能量火球疯狂暴涨。当弥漫整个

奇点：是宇宙大爆炸之前宇宙存在的一种形式。它具有一系列奇异的性质，如无限大的物质密度、无限弯曲的时空和无限趋近于零的熵值等，在广义相对论的宇宙学中，奇点是不可避免的，均匀各向同性的宇宙是从奇点开始膨胀的。1970 年，英国理论物理学家霍金等人提出“奇点定理”，证明当把广义相对论应用于宇宙学时，就必然会出现奇点，不仅大尺度宇宙会出现奇点，而且超大质量的恒星濒死时的引力坍缩的最终结局也是奇点（指黑洞，与奇点有类似特性）。

宇宙的红光渐渐减弱时，冷却下来的能量天空中，物质如雪花般出现了。一开始时是稀薄的星云，然后是恒星和星系群。在这个新生的宇宙中，丁仪拥有一个量子化的自我，可以在瞬间从宇宙的一端跃至另一端。其实他并没有跳跃，他同时存在于这两端，同时存在于这浩大宇宙中的每一点。他的自我像无际的雾气弥漫于整个太空，由恒星沙粒组成的银色沙漠在他的体内燃烧。他无所不在，同时又无所在。他知道自己的存在只是一个概率的幻影，这个多态叠加的幽灵渴望地环视着宇宙，寻找那能使自己**坍缩**为实体的目光。正找着，这目光就出现了。它来自遥远太空中浮现出来的两双眼睛，出现在一道由群星织成的银色帷幕后面。那双有着长长睫毛的美丽的眼睛是方琳的，那双充满天真灵性的眼睛是文文的。这两双眼睛在宇宙中茫然扫视，最终没能觉察到丁仪这个量子自我的存在。**波函数**颤抖

知识点拓展

坍缩：指恒星的物质收缩、挤压在一起。在恒星生存期的某一阶段，由于内部温度降低，在引力的作用下，恒星内部物质的原子结构遭到破坏而导致挤压收缩。

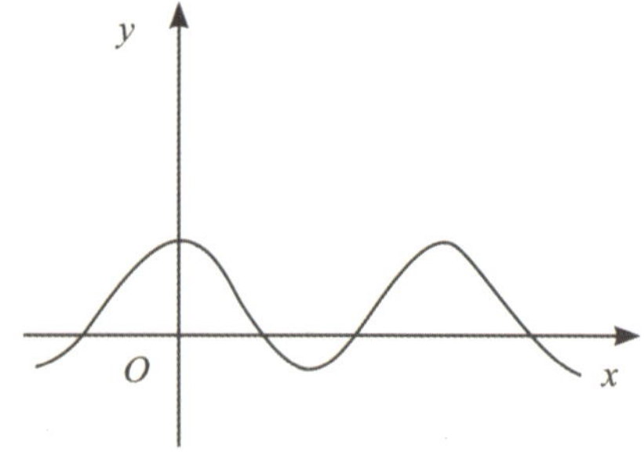

波函数：指量子力学中描写微观系统状态（粒子的德布罗意波）的函数。

着，如微风拂过平静的湖面，但坍缩没有发生。正当丁仪陷入绝望之时，茫茫的星海扰动起来，群星汇成的洪流在旋转奔涌。当一切都平静下来时，宇宙间的所有星星构成了一只大眼睛。那只百亿光年大小的眼睛如钻石粉末在黑色的天鹅绒上撒出的图案，正盯着丁仪。波函数在瞬间坍缩，如回放的焰火影片，他的量子自我凝聚在宇宙中微不足道的一点上。他睁开双眼，回到了现实。

是控制中心的总工程师把他推醒的。丁仪睁开眼，看到核子中心的几位物理学家和技术负责人围着他躺的沙发站着，用看一个怪物的目光盯着他。

“怎么？我睡过头了吗？”丁仪看看窗外，发现天已亮了，但太阳还未升起。

“不，出事了！”总工程师说。这时丁仪才知道，大家那诧异的目光不是冲着他的，而是由于刚出的那件事情。总工程师拉起丁仪，领着他向窗口走去。丁仪刚走了两步就被人从背后拉住，回头一看，是一位叫松田诚一的日本物理学家——上届诺贝尔物理学奖获得者之一。

“丁博士，如果您在精神上无法承受马上要看到的东西，也不必太在意。我们现在可能是在梦中。”这个日本人说。他脸色苍白，抓着丁仪的手在微微颤抖。

“我刚从梦中醒来！”丁仪说，“发生了什么事？”

大家仍用那种怪异的目光看着他。总工程师拉起他，继续朝窗口走去。当丁仪看到窗外的景象时，立刻对自己刚才的话产生了怀疑。眼前的现实突然变得比刚才的梦境更虚幻了。

在淡蓝色的晨光中，以往他熟悉的横贯沙漠的加速器管道消失了，取而代之的是一条绿色的草带，沿东西两个方向伸向天边。

“再去看看中心控制室吧！”总工程师说。丁仪随着他们来到楼下的控制大厅，又受到了一次猝不及防的震撼——大厅中一片空旷，所有的设备都消失得无影无踪，原来放置设备的位置也长满了青草，那草是直接从防静电地板上长出来的。

丁仪发疯似的冲出控制大厅，奔跑着绕过大楼，站到那条取代加速器管道的草带上。看着它消失在太阳即将升起的东方地平线处，在早晨沙漠寒冷的空气中，他打了个寒战。

“加速器的其他部分呢？”他向喘着气跟上来的总工程师问道。

“都消失了。地上、地下和海中的，全部消失了。”

“也都变成了草？！”

“哦不，草只在我们附近的沙漠上有，其他部分只是消失了。地面和海底部分只剩下空空的支架，地下部分只留下空隧道。”

丁仪弯腰拔起一束青草。这草在别的地方看上去一定很普通，但在这里就很不寻常。它完全没有红柳或仙人掌之类的耐旱沙漠植物的特点，看上去饱含水分，青翠欲滴。这样的植物只能生长在多雨的南方。丁仪搓碎了一片草叶，手指上沾满绿色的汁液，一股淡淡的清香飘散开来。丁仪盯着手上的小草呆立了很长时间，最后说：“看来，这真是梦了。”

这时，东方传来一个声音：“不，这是现实！”

二 真空衰变

在绿色草带的尽头，朝阳已升出了一半，它的光芒直刺向人们的眼睛。在这光芒中，有一个人沿着草带向他们走来。开始时，他只是一个以日轮为背景的剪影，剪影的边缘被日轮侵蚀，变幻不定。

当那人走近些后，人们看到他是一名中年男子，穿着白衬衣和黑裤子，没打领带。再近些，他的面孔也可以看清了。这是一张兼具亚洲人和欧洲人面部特点的脸，这在这个地区并没有什么不寻常，但人们绝不会把他误认为是当地人。他的五官太端正了，端正得有些不现实，像极了某些公共标志上表示人类的一个图形符号。当他再走近些时，人们也不会把他误认为是这个世界的人了。他一直两腿并拢笔直地站着，鞋底紧贴着草地飘浮而来。在距他们两三米处，来人停了下来。

“你们好，我以这个外形出现是为了我们之间能更好地交流。不管各位是否认可我的人类形象，我已经尽力了。”来人用英语说道，他的话音一如其面孔，极其标准而毫无特点。

“你是谁？”有人问。

“我是这个宇宙的排险者。”

来人回答中四个含义深刻的字立刻嵌入了物理学家们的脑海——“这个宇宙”。

“您和加速器的消失有关吗？”总工程师问。

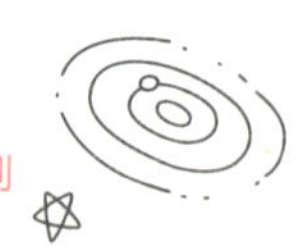

“它在昨天夜里被蒸发了，你们计划中的实验必须被制止。作为补偿，我送给你们这些草，它们能在干旱的沙漠上以很快的速度生长蔓延。”

“可这些都是为了什么呢？”

“如果这个加速器真以最大功率运行，能将粒子加速到 10 的 20 次方吉电子伏特。这接近宇宙大爆炸的能量，可能给我们的宇宙带来灾难。”

“什么灾难？”

“真空衰变。”

听到这个回答，总工程师扭头看了看身边的物理学家们。他们都沉默不语，紧锁眉头思考着什么。

“还需要进一步解释吗？”排险者问。

“不，不需要了。”丁仪轻轻地摇摇头说。物理学家们本以为排险者会说出一个人类完全无法理解的概念，但没想到，他说出的这个东西，人类的物理学界早在 20 世纪 80 年代初就想到了，只是当时大多数人都认为那不过是一个新奇的假设，与现实毫无关系，以至于现在几乎被人类遗忘了。

真空衰变的概念，最初出现在 1980 年《物理评论》杂志的一篇论文中，作者是西德尼·科尔曼和弗兰克·德卢西亚。早在这之前，狄拉克就指出，我们宇宙中的真空可能是一种伪真空。在那似乎空无一物的空间里，幽灵般的虚粒子在短得无法想象的瞬间出现又消失。这瞬息间创生与毁灭的话剧在空间的每一点上无休止地上演，我们所说的真空实际上是一个沸腾的量子海洋，这就使得真空具有一定的能级。科尔曼和德卢西亚的新思想在于，他们认为某种高能过程可能产生出另一种状态的真空。这种真空的能级比现有的真空低，甚至可能出现能级为零的“真真空”。这种真空的体积开始可能只有一个原子大小，但它一旦形成，周围相邻的高能级真空就会向它的能级跌落，变成与它一样的低能级真空。这就使得低能级真空的体积迅速扩大，形成一个球形。这个低能级真空球的扩张速度很快就能达到光速，球中的质子和中子将在瞬间衰变，使球内的物质世界全部蒸发，一切归于毁灭……

“以光速膨胀的低能级真空球将在0.03秒内毁灭地球，五个小时内毁灭太阳系，四年后毁灭最近的恒星，十万年后毁灭银河系……没有什么能阻止球体的膨胀。随着时间的推移，整个宇宙都难逃劫难。”排险者说。他的话正好接上了大多数人的思维，难道他能看到人类的思想？排险者张开双臂，做出一个囊括一切的姿势，“如果把我们的宇宙看作一个广阔的海洋，我们就是海中的鱼儿。我们周围这无边无际的海水是那么清澈透明，以至于我们忘记了它的存在。现在我要告诉你们，这不是海水，是液体炸药，一粒火星就会引发毁灭一切的大灾难。作为宇宙排险者，我的职责就是在这些火星燃到危险的温度前扑灭它。”

丁仪说：“这大概不太容易。我们已知的宇宙有200亿光年半径，即使对于你们这样的超级文明，这也是一个极其广阔的空间。”

排险者笑了。这是他第一次笑，这笑同样毫无特点：“没有你想得那么复杂。你们已经知道，我们目前的宇宙，只是大爆炸焰火的余烬。恒星和星系，不过是仍然保持着些许温热的飘散的烟灰罢了。这是一个低能级的宇宙，你们看到的类星体之类的高能天体只存在于遥远的过去，在目前的自然宇宙中，最高级别的能量过程，如大质量物体坠入黑洞，其能级也比大爆炸低许多。在目前的宇宙中，发生创世级别的能量过程的唯一机会，

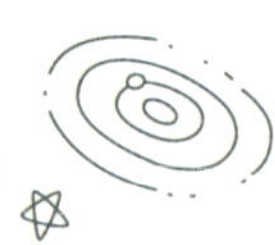

只能来自于其中的智慧文明探索宇宙终极奥秘的努力。这种努力会把大量的能量聚焦到一个微观点上，使这一点达到创世能级。所以，我们只需要监视宇宙中进化到一定程度的文明世界就行了。”

松田诚一问：“那么，你们是从何时起开始注意到人类的呢？普朗克时代吗？”

排险者摇摇头。

“那么是牛顿时代？也不是？！不可能远到亚里士多德时代吧？”

“都不是。”排险者说，“宇宙排险系统的运行机制是这样的：它首先通过散布在宇宙中的大量传感器监视已有生命出现的世界，当发现这些世界中出现有能力产生创世能级的能量过程的文明时，传感器就会发出警报，我这样的排险者在收到警报后，将亲临那些世界，监视其中的文明。但除非这些文明真要进行创世能级的实验，否则我们是绝不会对其进行任何干预的。”

这时，在排险者的头部左上方出现了一个黑色的正方形，约两米见方，仿佛现实被挖了一个深不见底的洞。几秒后，那黑色的空间中出现了一个蓝色的地球影像。排险者指着影像说：“这就是放置在你们世界上方的传感器拍下的地球影像。”

“这个传感器是在什么时候放置于地球的？”有人问。

“按你们的地质学纪年，在古生代末期的石炭纪。”

“石炭纪？”“那就是……三亿年前了！”大家纷纷惊呼。

“这……太早了些吧？”总工程师敬畏地问。

“早吗？不，是太晚了。当我们第一次到达石炭纪的地球，看到在广阔的冈瓦纳古陆上，皮肤湿滑的两栖动物在原生松林和沼泽中爬行时，真吓出了一身冷汗。在这之前相当长的岁月里，这个世界都有可能突然进化出技术文明。所以，传感器应该在古生代开始时的寒武纪或奥陶纪就放置在这里。”

地球的影像向前推进，充满了整个正方形。镜头在各大陆间移动，让人想到一双警惕地巡视的眼睛。

排险者说：“你们现在看到的影像是在更新世末期拍摄的，距今37万年。对我们来说，几乎是在昨天。”

地球表面的影像停止了移动，那双眼睛的视线固定在非洲大陆上。这个大陆正处于地球黑夜的一侧，看上去是一个由稍亮些的大洋三面围绕的大墨块。显然大陆上的什么东西吸引了这双眼睛的注意。焦距拉长，非洲大陆向前扑来，很快占据了整个画面，仿佛观察者正在飞速冲向地球表面。陆地黑白相间的色彩渐渐在黑暗中显示出来，白色的是第四纪冰期的积雪，黑色部分很模糊，是森林还是布满乱石的平原，只能由人想象了。

镜头继续拉近，雪原占满了画面，显示图像的正方形现在全变成白色了，是那种夜间雪地的灰白色，带着暗暗的淡蓝。在这雪原上有几个醒目的黑点，很快可以看出那是几个人影，接着可以看出他们都有些驼背，寒冷的夜风吹起他们长长的披肩乱发。图像再次变黑，一个人仰起的面孔占满了画面。在微弱的光线里无法看清这张面孔的细部，只能看出他的眉骨和颧骨很高，嘴唇长而薄。镜头继续拉近，这似乎已是不可能再近的距离，一双深邃的眼睛占满了画面，黑暗中的瞳仁里有一些银色的光斑，那是映在其中的变形的星空。

图像定格，一声尖厉的鸣叫响起。排险者告诉人们，预警系统报警了。

“为什么？”总工程师不解地问。

“这个原始人仰望星空的时间超过了预警阈值，已对宇宙表现出了充分的好奇。到此为止，预警系统已在不同的地点观察到了十起这样的超限事件，符合报警条件。”

“如果我没记错的话，你前面说过，只有当有能力产生创世能级能量过程的文明出现时，预警系统才会报警。”

“你们看到的不正是这样一个文明吗？”

人们面面相觑，一片茫然。

排险者露出那毫无特点的微笑说：“这很难理解吗？当生命意识到宇宙奥秘的存在时，距它最终解开这个奥秘就只有一步之遥了。”看到人们仍不明白，他接着说，“比如地球生命，用了40多亿年时间才第一次意识到宇宙奥秘的存在。但那一时刻距你们建成爱因斯坦赤道只有不到40万年，而这一进程中最关键的加速期只有不到500年。如果说那个原始人对宇宙的几分钟凝视是看到了一颗宝石，那么其后你们所谓的整个人类文明，不过是弯腰去拾起它罢了。”

丁仪若有所悟地点点头：“说起来，还真是这样，那个伟大的望星人！”

排险者接着说：“后来我就来到了你们的世界，监视着文明的进程，像是守护着一个玩火的孩子。周围被火光照亮的宇宙使这孩子着迷，他不顾一切地让火越烧越旺，直到现在，宇宙已有被这火烧毁的危险。”

丁仪想了想，终于提出了人类科学史上最关键的问题：“这就是说，我们永远不可能得到大统一模型，永远不可能探知宇宙的终极奥秘？”

科学家们呆呆地盯着排险者，像一群在最后审判日里等待宣判的可怜灵魂。

“智慧生命有多种悲哀，这只是其中之一。”排险者淡淡地说。

松田诚一声音颤抖地问：“作为更高一级的文明，你们是如何承受这种悲哀的呢？”

“我们是这个宇宙中的幸运儿。我们得到了宇宙的大统一模型。”

科学家们心中的希望之火又重新开始燃烧。

丁仪突然想到了另一种恐怖的可能：“难道说，真空衰变已被你们在宇宙的某处触发了？”

排险者摇摇头：“我们是用另一种方式得到大统一模型的，这一时说不清楚，以后我可能会详细地讲给你们听。”

“我们不能重复这种方式吗？”

排险者继续摇头：“时机已过，这个宇宙中的任何文明都不可能再重复它。”

“那请把宇宙的大统一模型告诉人类！”

排险者还是摇头。

“求求你，这对我们很重要。不，这就是我们的一切！”丁仪冲动地去抓排险者的胳膊，但他的手毫无感觉地穿过了排险者的身体。

“《知识密封准则》不允许这样做。”

“《知识密封准则》？”

“这是宇宙中文明世界的最高准则之一，它不允许高级文明向低级文明传递知识，我们把这种行为叫‘知识的管道传递’，低级文明只能通过自己

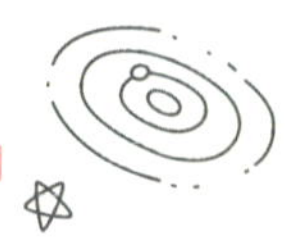

的探索来得到知识。”

丁仪大声说：“这是一个不可理解的准则。如果你们把大统一模型告诉所有渴求宇宙最终奥秘的文明，他们就不会试图通过创世能级的高能实验来得到它，宇宙不就安全了吗？”

“你想得太简单了，这个大统一模型只是这个宇宙的，当你们得到它后就会知道，还存在着无数其他的宇宙，你们接着又会渴求得到制约所有宇宙的超统一模型。而大统一模型在技术上的应用会使你们拥有产生更高能量过程的手段，你们会试图用这种能量过程击穿不同宇宙间的壁垒，不同宇宙间的真空存在着能级差，这就会导致真空衰变，同时毁灭两个或更多的宇宙。知识的管道传递还会对接收它的低级文明，产生其他更直接的不良后果甚至灾难，其原因大部分你们目前还无法理解，所以《知识密封准则》是绝对不允许违反的。这个准则所说的知识不仅是宇宙的深层秘密，还包括所有你们不具备的知识，假设人类现在还不知道牛顿三定律或微积分，我也同样不能传授给你们。”

科学家们沉默了。在他们眼中，已升得很高的太阳熄灭了，一切都陷入黑暗之中，整个宇宙顿时变成一个巨大的悲剧。这悲剧之大、之广，他们一时还无法把握，只能在余生不断地受其折磨。事实上，他们知道，余生已无意义。

松田诚一瘫坐在草地上，说了一句后来成为名言的话：“在一个不可知的宇宙里，我的心脏都懒得跳动了。”

他的话道出了所有物理学家的心声。他们目光呆滞，欲哭无泪。就这样不知过了多长时间，丁仪突然打破沉默：“我有一个办法，既可以使我得到大统一模型，又不违反《知识密封准则》。”

排险者对他点点头：“说说看。”

“你把宇宙的终极奥秘告诉我，然后毁灭我。”

“给你三天时间考虑。”排险者说。他的回答不假思索，十分迅速，紧接着丁仪的话。

丁仪欣喜若狂：“你是说这可行？”

排险者点点头。

三 真理祭坛

人们是这么称呼那个巨大的半球体的——真理祭坛。它直径五十米，底面朝上，球面向下，矗立在沙漠中，远看像一座倒放的山丘。这个半球是排险者用沙子筑成的，当时沙漠中出现了一股巨大的龙卷风，风中那高大的沙柱最后凝聚成这个东西。谁也不知道排险者是用什么使大量的沙子聚合成这样一个精确的半球体的，但它强度很高，尽管球面朝下放置都不会解体。但这样的放置方式使半球体很不稳定，在沙漠中的阵风里，它明显在摇晃。

据排险者说，在他的那个遥远世界里，这样的半球体是一个论坛。在那个文明的上古时代，学者们就聚集在上面讨论宇宙的奥秘。由于这样放置的半球体的不稳定性，论坛上的学者们必须小心地使他们的位置均匀地分布，否则半球就会倾斜，上面的人就会滑下来。排险者一直没有解释这个半球体

论坛的含义，人们猜测，它可能暗示了宇宙的非平衡态和不稳定性。

在半球的一侧，还有一条由沙子构筑的长长的坡道，通过它，人们可以从下面走上祭坛。在排险者的世界里，这条坡道是不需要的。在纯能化之前的上古时代，他的种族是一种长着透明双翼的生物，可以直接飞到论坛上。这条坡道是专为人类修筑的，他们中的三百多人将通过它走上真理祭坛，用生命换取宇宙的奥秘。

三天前，当排险者答应了丁仪的要求后，事情的发展令世界恐慌。在短短一天内，有几百人提出了同样的要求。这些人除了世界核子中心的其他科学家外，还有来自世界各国的学者。一开始只有物理学家，后来报名者的专业越出了物理学和宇宙学，出现了数学、生物学等其他基础学科的科学家，甚至还有经济学和史学这类非自然科学的学者。这些要求用生命来换取真理的人，都是他们所在学科的领军人物，是科学界精英中的精英，其中，诺贝尔奖获得者就占了一半。可以说，在真理祭坛前聚集了人类科学的精华。

真理祭坛的周围其实已经不是沙漠了，排险者在三天前种下的草迅速蔓延，草带宽了两倍，不规则的边缘延伸到真理祭坛下面。在这绿色的草地上聚集了上万人。除了即将献身的科学家和世界各大媒体的记者外，还有科学家的亲人和朋友。两天两夜无休止的劝阻和哀求已使他们心力交瘁，精神都处于崩溃的边缘，但他们还是决定在这最后的时刻做最后的努力。与他们一同做这种努力的还有数量众多的各国政府代表，其中包括十多位国家元首，他们也想竭力留住自己国家的科学精英。

“你怎么把孩子带来了？！”丁仪盯着方琳问。在他们身后，毫不知情的文文正在草地上玩耍，她是这群表情阴沉的人中唯一的快乐者。

“我要让她送你上路。”方琳冷冷地说。她脸色苍白，双眼茫然地平视远方。

“你认为这能阻止我？”

“我不抱希望，但能阻止你女儿将来像你一样。”

“你可以惩罚我，但孩子——”

“没人能惩罚你，你也别把即将发生的事伪装成一种惩罚。你正走在通向自己梦中天堂的路上！”

丁仪直视着爱人的双眼说：“琳，如果这是你的真实想法，那么你终于从最深处认识了我。”

“我谁也不认识，现在我的心中只有仇恨。”

“你当然有权恨我。”

“我恨物理学！”

“可如果没有它，人类现在还是丛林和岩洞中愚钝的动物。”

“但我现在并不比它们快乐多少！”

“但我快乐，也希望你能分享我的快乐。”

“那就让孩子也一起分享吧。当她亲眼看到父亲的下场，长大后至少会远离物理学这种毒品！”

“琳，把物理学称为毒品，你也就从最深处认识了它。看，在这两天你真正认识了多少东西？如果你早点理解这些，我们就不会有现在的悲剧了。”

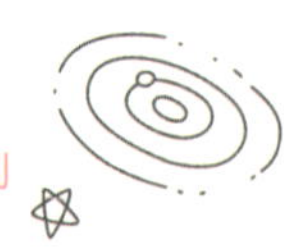

元首们在真理祭坛上努力地劝说排险者，让他拒绝那些科学家的要求。

美国总统说：“先生我可以这么称呼您吗？我们的世界里最出色的科学家都在这里了，您真想毁灭地球的科学吗？”

排险者说：“没有那么严重，另一批科学精英很快会涌现并补上他们的位置，对宇宙奥秘的探索欲望是所有智慧生命的本性。”

“既然同为智慧生命，您就忍心杀死这些学者吗？”

“这是他们自己的选择。生命是他们自己的，他们当然可以用它来换取自己认为崇高的东西。”

“这个用不着您来提醒我们！”俄罗斯总统激动地说，“用生命来换取崇高的东西对人类来说并不陌生。在20世纪的一场战争中，我的国家就有两千多万人这么做了。但现在的事实是，那些科学家的生命什么都换不到！只有他们自己能得知那些知识，这之后，你只给他们十分钟的生存时间！他们对终极真理的欲望已成为一种地地道道的变态，这您是清楚的！”

“我清楚的是，他们是这个星球上仅有的正常人。”

元首们面面相觑，然后都困惑地看着排险者，他们不明白他的意思。

排险者伸开双臂，拥抱天空：“当宇宙的和谐之美一览无余地展现在你面前时，生命只是一个很小的代价。”

“但他们看到这美后只能再活十分钟！”

“就是没有这十分钟，仅仅经历看到那终极之美的过程，也是值得的。”

元首们又互相看了看，都摇头苦笑。

“随着文明的进化，像他们这样的人会渐渐多起来的。”排险者指指真理祭坛下的科学家们说，“最后，当生存问题完全解决，当爱情因个体的异化和融合而消失，当艺术因过分的精致和晦涩而死亡，对宇宙终极美的追求便成为文明存在的唯一寄托，他们的这种行为方式也就符合了整个宇宙的基本价值观。”

元首们沉默了一会儿，试着理解排险者的话。美国总统突然哈哈大笑起来：“先生，您在耍我们，您在耍弄整个人类！”

排险者露出一脸困惑：“我不明白。”

日本首相说：“人类还没有笨到你想象的程度，你话中的逻辑错误连小孩子都明白！”

排险者显得更加困惑了：“我看不出这有什么逻辑错误。”

美国总统冷笑着说：“一万亿年后，我们的宇宙肯定充满了高度进化的文明。照您的意思，对终极真理的这种变态的欲望将成为整个宇宙的基本价值观，那时全宇宙的文明将一致同意，用超高能的实验来探索囊括所有宇宙的超统一模型，不惜在这种实验中毁灭包括自己在内的一切？您想告诉我们这种事会发生？”

排险者盯着元首们长时间没有说话，那怪异的目光使他们不寒而栗。他们中有人似乎悟出了什么。

“您是说……”

排险者举起一只手制止他说下去，然后向真理祭坛的边缘走去。在那里，他用响亮的声音对所有人说：“你们一定很想知道我们是如何得到这个宇宙的大统一模型的，现在可以告诉你们了。

“很久很久以前，我们的宇宙比现在小得多，而且很热，恒星还没有出现，但已有物质从能量中沉淀出来，形成弥漫在发着红光的太空中的星云。

这时生命已经出现了，那是一种力场与稀薄的物质共同构成的生物，其个体看上去很像太空中的龙卷风。这种星云生物的进化速度快得如同闪电，很快产生了遍布全宇宙的高度文明。当星云文明对宇宙终极真理的渴望达到顶峰时，全宇宙的所有文明一致同意，冒着真空衰变的危险进行创世能级的实验，以探索宇宙的大统一模型。

“星云生物操纵物质世界的方式与现今宇宙中的生命完全不同。由于没有足够多的物质可供使用，他们的个体自己进化为自己想要的东西。在最后的决定做出后，某些个体飞快地进化，把自己进化为加速器的一部分。最后，上百万个这样的星云生物排列起来，组成了一台能把粒子加速到创世能级的高能加速器。加速器启动后，暗红色的星云中出现了一个发出耀眼蓝光的灿烂光环。

“他们深知这个实验的危险，所以在实验进行的同时，把得到的结果用引力波发射了出去。引力波是唯一能在真空衰变后存留下来的信息载体。

“加速器运行了一段时间后，真空衰变发生了。低能级的真空球从原子大小以光速膨胀，转眼间扩大到天文尺度，内部的一切蒸发殆尽。真空球的膨胀速度大于宇宙的膨胀速度，虽然经过了漫长的时间，最后还是毁灭了整个宇宙。

“漫长的岁月过去了，在空无一物的宇宙中，被蒸发的物质缓慢地重新沉淀凝结，星云又出现了，但宇宙一片死寂，直到恒星和行星出现，生命才在宇宙中重新萌发。而这时，早已毁灭的星云文明发出的引力波还在宇宙中回荡，实体物质的重新出现使它迅速衰减。但就在它完全消失以前，被新宇宙中最早出现的文明接收到，它所带的信息被破译，从这远古的实验数据中，新文明得到了大统一模型。他们发现，对于建立模型而言最关键的数据，是在真空衰变前万分之一秒左右产生的。

“让我们的思绪再回到那个毁灭中的星云宇宙。由于真空球以光速膨胀，球体之外的所有文明世界都处于光锥视界之外，不可能预知灾难的到来。在真空球到达之前，这些世界一定在专心地接收着加速器产生的数据。在他们收到足够建立大统一模型的数据后的万分之一秒，真空球毁灭了一切。但请注意一点：星云生物的思维频率极高，万分之一秒对他们来说是一段相当长的时间，所以他们有可能在生命的最后时刻推导出大统一模型。当然，这也可能只是我们的一种自我安慰。更有可能的是，他们最后什么也没推导出来。星云文明掀开了宇宙的面纱，但他们自己没来得及向宇宙那终极的美瞥上一眼就毁灭了。更为可敬的是，开始实验前他们可能已经想到了这种结果，但仍然决定牺牲自己，把包含着宇宙终极秘密的数据传送给遥远未来的文明。

“现在你们应该明白，对宇宙终极真理的追求，是文明的最终目标和归宿。”

排险者的讲述使真理祭坛上下的所有人陷入长久的沉思。不管这个世界对他最后的那句话是否认同，有一点可以肯定，它将对今后人类思想和文化的进程产生重大影响。

美国总统首先打破沉默说：“您为文明描绘了一幅阴暗的前景。难道生命在漫长进程中所有的努力和希望，都是为了那飞蛾扑火的一瞬？”

“飞蛾并不觉得阴暗，它至少享受了短暂的光明。”

“人类绝不可能接受这样的价值观！”

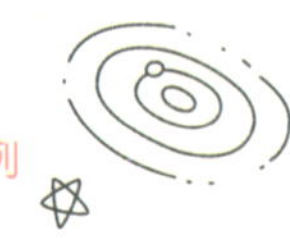

“这完全可以理解。在我们这个真空衰变后重生的宇宙中，文明还处于萌芽阶段，各个世界都有自己的生活方式，追求着不同的目标。对大多数世界来说，对终极真理的追求并不具有至高无上的意义，为此而冒毁灭宇宙的危险，对宇宙中大多数生命来说是不公平的。即使在我们自己的世界中，也并非所有的成员都愿意为此牺牲一切。所以，我们没有继续进行探索大统一模型的高能实验，并在整个宇宙中建立排险系统。但我们相信，随着文明的进化，总有一天，宇宙中的所有世界都会认同文明的终极目标。其实，就是现在，就是在你们这样一个婴儿文明中，也已经有人认同了这个目标。好了，时间快到了，如果各位不想用生命换取真理，就请你们下去，让那些想这么做的人上来。”

元首们走下真理祭坛，来到那些科学家面前，进行最后的努力。

法国总统说：“能不能这样，把这事稍往后放一放，让我陪大家去体验另一种生活。让我们放松自己，在黄昏的鸟鸣中看着夜幕降临大地，在银色的月光下听着怀旧的音乐，喝着美酒想着心爱的人……这时你们就会发现，终极真理并不像你们想得那么重要，与你们追求的虚无缥缈的宇宙和谐之美相比，这样的美更让人陶醉。”

一位物理学家冷冷地说：“所有的生活都是合理的，我们没必要互相理解。”

法国元首还想说什么，美国总统已失去了耐心：“好了，不要对牛弹琴了！您还看不出来这是怎样一群毫无责任心的人？还看不出这是怎样一群骗子？他们声称为全人类的利益而研究，其实只是拿社会的财富满足自己的欲望，满足他们对那种玄虚的宇宙和谐美的变态欲望，这和拿公款消费有什么区别？”

丁仪挤上前来，拍拍他的肩膀，笑着说：“总统先生，科学发展到今天，终于有人对它的本质进行了比较准确的定义。”

旁边的松田诚一说：“我们早就承认这点，并反复声明，但一直没人相信我们。”

四　交换

生命和真理的交换开始了。

第一批八位数学家沿着长长的坡道走上真理祭坛。这时，沙漠上没有一丝风，仿佛大自然都屏住了呼吸。寂静笼罩着一切。刚刚升起的太阳把他们的影子长长地投在沙漠上，那几条长影是这个凝固的世界中唯一能动的东西。

数学家们的身影消失在真理祭坛上，下面的人们看不到他们了。所有的人都凝神听着，在死一般的寂静中，他们首先听到祭坛上传来排险者的声音，这声音很清晰。

“请提出问题。”

接着是一位数学家的声音：“我们想看到哥德巴赫猜想的最后证明。”

“好的，但证明很长，时间只够你们看关键的部分，其余用文字说明。”

排险者是如何向科学家们传授知识的，对后世的人类而言一直是个谜。在远处的监视飞机上拍下的图像中，科学家们都仰起头看着天空，而他们所望的方向上空无一物。一个被普遍接受的说法是：外星人用某种思维波把信息直接输入他们的大脑中。但实际情况比那要简单得多：排险者把信息投射在天空上，在真理祭坛上的人看来，整个天空变成了一个显示屏，而在祭坛之外什么都看不到。

一个小时过去了，真理祭坛上有个声音打破了寂静："我们看完了。"

接着是排险者平静地回答："你们还有十分钟的时间。"

真理祭坛上隐隐传来了多个人的交谈声，只能听清只言片语，但能清楚地感受到那些人的兴奋和喜悦，像是一群在黑暗的隧道中跋涉多年的人突然看到了洞口的光亮。

"……这完全是全新的……""……怎么可能……""……我以前在直觉上……""……天啊，真是……"

当十分钟就要结束时，真理祭坛上响起了一个清晰的声音："请接受我们八个人真诚的谢意。"

真理祭坛上闪起一片强光。强光消失后，下面的人们看到八个等离子体火球从祭坛上升起，轻盈地向高处飘升。它们的光度渐渐减弱，由明亮的黄色变成柔和的橘红色，最后一个接一个地消失在蓝色的天空中，整个过程悄无声息。从监视飞机上看，真理祭坛上只剩下排险者站在圆心。

"下一批！"他高声地说。

在上万人的凝视下，又有十一个人走上了真理祭坛。

"请提出问题。"

“我们是古生物学家，想知道地球上恐龙灭绝的真正原因。”

古生物学家们开始仰望长空，但所用的时间比刚才数学家们短得多，很快有人对排险者说：“我们知道了，谢谢！”

“你们还有十分钟。”

“……好了，七巧板对上了……”“……做梦也不会想到那方面去……”“……难道还有比这更……”

然后，强光出现了，又消失，十一个火球从真理祭坛上飘起，很快消失在沙漠上空。

…………

一批又一批的科学家走上真理祭坛，完成了生命和真理的交换，在强光中化为美丽的火球飘逝而去。

一切都在庄严与宁静中进行。真理祭坛下面，预料中的生离死别并没有出现。全世界的人们静静地看着这壮丽的景象，心灵被深深地震撼了。

人类正在经历一场有史以来最大的灵魂洗礼。

一个白天的时间不知不觉过去了，太阳已在西方地平线落下了一半，夕阳给真理祭坛洒上了一层金辉。

物理学家们开始走向祭坛，他们是人数最多的一批，有八十六人。就在这一群人刚刚走上坡道时，从日出一直持续到现在的寂静被一个童声打破了。

“爸爸！”文文哭喊着从草坪上的人群中冲出来，一直跑到坡道前，冲进那群物理学家中间，抱住了丁仪的腿，“爸爸，我不让你变成火球飞走！”

丁仪轻轻抱起了女儿，问她："文文，告诉爸爸，你能记起来的让自己最难受的事情是什么？"

文文抽泣着想了几秒，说："我一直在沙漠里长大，最——最想去动物园。上次爸爸去南方开会，带我去了那边的一个大大的动物园，可刚进去，你的电话就响了，说工作上有急事。那是个野生动物园，小孩儿一定要大人带着才能进去。我就只好跟你回去了，后来你再也没时间带我去。爸爸，这是让我最难受的事儿。在回来的飞机上我一直哭。"

丁仪说："但是，好孩子，那个动物园你以后肯定有机会去，妈妈以后会带文文去的。爸爸现在也在一个大动物园的门口，那里面也有爸爸做梦都想看到的神奇的东西，而爸爸如果这次不去，以后就真的再也没机会了。"

文文用泪汪汪的大眼睛呆呆地看了爸爸一会儿，点点头说："那——那爸爸就去吧。"

方琳走过来，从丁仪怀中抱走了女儿，看着前面矗立的真理祭坛说道："文文，你爸爸是世界上最坏的爸爸，但他真的很想去那个动物园。"

丁仪两眼看着地面，用近乎祈求的声调说："是的，文文，爸爸真的很想去。"

方琳用冷冷的目光看着丁仪说："冷血的基本粒子，去完成你最后的碰撞吧。记住，我决不会让你女儿成为物理学家的！"

这群人正要转身走去，另一个女性的声音使他们又停了下来。

"松田君，你要再向上走，我就死在你面前！"

说话的是一位娇小美丽的日本姑娘，她此时站在坡道起点的草地上，用一支银色的小手枪顶着自己的太阳穴。

松田诚一从那群物理学家中走了出来，走到姑娘的面前，直视着她的双眼说：“泉子，还记得北海道那个寒冷的早晨吗？你说要出道题考验我是否真的爱你。你问我，如果你的脸在火灾中被烧得不成样子，我该怎么办？我说，我将忠贞不渝地陪伴你一生。你听到这回答后很失望，说我并不是真的爱你；如果我真的爱你，就会弄瞎自己的双眼，让一个美丽的泉子永远留在心中。”

泉子拿枪的手没有动，但美丽的双眼噙满了泪水。

松田诚一接着说：“所以，亲爱的，你深知美对一个人生命的重要。现在，宇宙终极之美就在我面前，我能不看她一眼吗？”

“你再向上走一步，我就开枪！”

松田诚一对她微笑了一下，轻声说：“泉子，天上见。”然后转身和其他物理学家一起沿坡道走向真理祭坛。

物理学家们走上了真理祭坛那圆形的顶面。在圆心，排险者微笑着向他们致意。

突然间，映着晚霞的天空消失了，地平线的夕阳消失了，沙漠和草地都消失了。真理祭坛悬浮于无际的黑色太空中，这是创世前的黑夜，没有一颗星星。排险者挥手指向一个方向，物理学家们看到在遥远的黑色深渊中有一颗金色的星星。

它起初小得难以看清，后来由一个亮点渐渐增大，开始呈现出一点面积和形状。他们看出那是一个向这里飘来的旋涡星系。星系很快增大，显露出它磅礴的气势。距离更近一些后，他们发现星系中的恒星都是数字和符号，它们组成的方程式构成了这金色星海中的一排排波浪。

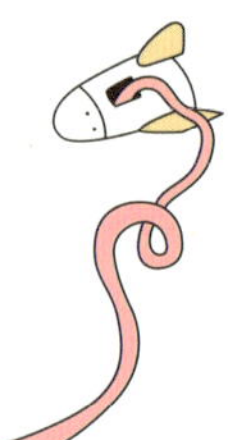

宇宙大统一模型缓慢而庄严地从物理学家们的上空移过。

…………

当八十六个火球从真理祭坛上升起时，方琳眼前一黑，倒在草地上。她隐约听到文文的声音："妈妈，哪个是爸爸？"

最后一个上真理祭坛的人是斯蒂芬·霍金。他的电动轮椅沿着长长的坡道慢慢向上移动，像一只在树枝上爬行的昆虫。他那仿佛已抽去骨骼的绵软身躯瘫陷在轮椅中，像一支在高温中变软且即将熔化的蜡烛。

知识点拓展

宇宙大统一模型：科学家提出的一种构想——既然人类的科学技术无法接触到宇宙每一个角落，能否用宇宙已知的数据分析加上数学领域的类比推导出一个宇宙大统一模型公式呢？凭借着这个大统一模型公式，科学家可以类比地推测出宇宙可能发生的事件及其基本运行框架。

轮椅终于开上了祭坛，走过空旷的圆面上，最后来到了排险者面前。这时，太阳落下了一段时间，暗蓝色的天空中有零落的星星出现，祭坛周围的沙漠和草地模糊了。

“博士，您的问题？”排险者问。对霍金，他似乎并没有表示出比对其他人更多的尊重。他面带毫无特点的微笑，听着博士轮椅上的扩音器发出的呆板的电子声音：“宇宙的目的是什么？”

天空中没有答案出现。排险者脸上的微笑消失了，他的双眼中掠过了一丝不易觉察的恐慌。

“先生？”霍金问。

排险者仍是沉默。天空仍是一片空旷，在地球的几缕薄云后面，宇宙的群星正在浮现。

“先生？”霍金又问。

“博士，出口在您后面。”排险者说。

“这是答案吗？”

排险者摇摇头，“我是说您可以回去了。”

“你不知道？”

排险者点点头说：“我不知道。”这时，他的面容第一次不再是一个图形符号。一片悲哀的黑云笼罩在这张脸上，那样生动和富有个性，以至于谁也不会怀疑他是一个人，而且是一个最平常亦最不平常的普通人。

“我怎么知道？”排险者喃喃地说。

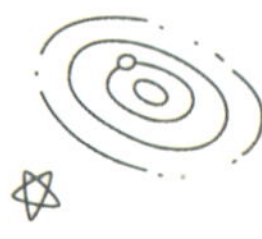

五 尾声

十五年之后的一个夜晚，在已被变成草原的昔日的塔克拉玛干沙漠上，一对母女正在交谈。母亲四十多岁，但白发已过早地出现在她的双鬓。从那饱经风霜的双眼中透出的，除了忧伤，就是疲倦。女儿是一位苗条的少女，大而清澈的双眸中映着晶莹的星光。

母亲在柔软的草地上坐下来，两眼失神地看着模糊的地平线，说道：“文文，你当初报考你爸爸母校的物理系，现在又要攻读量子引力专业的博士学位，妈都没拦你。你可以成为一位理论物理学家，甚至可以把这门学科当作自己唯一的精神寄托，但，文文，妈求你了，千万不要越过那条线啊！”

文文仰望着灿烂的银河，说：“妈妈，你能想象，这一切都来自于 200 亿年前一个没有大小的奇点吗？宇宙早就越过那条线了。”

方琳站起来，抓着女儿的肩膀说：“孩子，求你别这样！”

文文仍凝视着星空，一动不动。

“文文，你在听妈妈说话吗？你怎么了？”方琳摇晃着女儿。

文文的目光仍被星海吸引着，收不回来，她盯着群星问：“妈妈，宇宙的目的是什么？”

“啊——不，”方琳彻底崩溃了，又跌坐在草地上，双手捂着脸抽泣，“孩子，别——别这样！”

文文终于收回了目光，蹲下来扶着妈妈的双肩，轻声问道：“那么，妈妈，人生的目的是什么？”

这个问题像一块冰，使方琳灼热的心立刻冷了下来。她扭头看了女儿一眼，然后望着远方深思。十五年前，就在她望着的那个方向，曾矗立过真理祭坛。再早些，爱因斯坦赤道曾穿过沙漠。

微风吹来，草海上泛起道道波纹，仿佛是星空下无际的骚动的人海，正向整个宇宙无声地歌唱着。

“不知道，我怎么会知道呢？”方琳喃喃地说。

“夸父号”环宇旅行记

王晋康

一　“夸父号”飞船

“各位观众，现在是地球纪年 2083 年 12 月 15 日，北京时间早 7 点 30 分，”中央电视台最著名的主持人叶知秋用富有磁性的男中音沉缓地解说着，“人类历史上最伟大的探险活动——环宇宙航行马上就要开始了。屏幕上这艘形状奇特的飞船就是将进行环宇航行的‘夸父号’。”

叶知秋是在一艘新闻飞船上做报道的，现在镜头对准了地球同步轨道上的“夸父号”，它像一枚球果嵌在广袤的天幕上。镜头拉近，显示出“夸父号”的全貌——它的形状确实很奇特，端部是一个直径 300 千米，用高强度钨晶须编织成的收集网，形状和手电筒的反光镜类似，用以收集太空中游离的氢原子，作为冲压式飞船的燃料。收集网后是一个巨大的球状容

器，里面装着 1 万吨**重水**，它是飞船的屏蔽罩，因为对于近光速飞船来说，宇宙中到处都有的 3K 微波辐射会发生紫移，从而在行进前方形成对人有害的高能辐射。同时，重水又是飞船减速时——那当然是回程中的事了——所必需的能源，因为那时冲压式飞船收集氢燃料的能力会大大减弱。再往后是圆柱状的乘员舱，形状和棋子相近，乘员舱能绕中轴线旋转，以产生乘员们生活必需的 1g 重力。乘员舱外是一个异常巨大的圆环，那是太阳帆的桅杆，不过这会儿太阳帆还未张开。再往后就是尾喷管和侧喷管了。“夸父号”飞船是在同步轨道上组装的，也就是说，它不需要飞过大气层，因此不需要严格的流线型机身，这使它的外形看起来显得笨拙且粗糙。

叶知秋继续说：“众所周知，这将是人类史上最悲壮的一次人类探险。50 年来，从‘夸父计划’开始立项，到飞船投入制造，时刻牵动着 60 亿地球人的心。大部分人对计划的详情已十分了解，但我今天还想重复一下。‘夸父号’飞船的使命是为了证实爱因斯坦的宇宙超圆体假说，这个假说认为宇宙是多维的，三维宇宙空间通过更高维数的折叠形成一个超圆体，如

知识点拓展

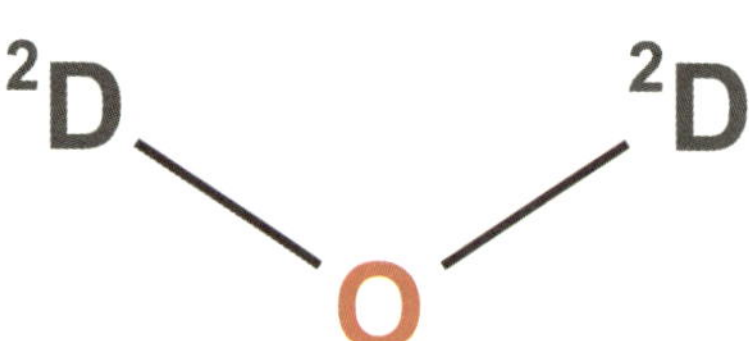

重水：水的一种，由氘和氧组成，分子式为 D_2O，相对分子质量为 20.027 5，比水的相对分子质量 18.015 3 高出约 11%，因此被称为重水。主要被用作核反应堆中的减速剂，它可以降低中子的速率，使之符合裂变过程发生的需要。

果我们在三维的宇宙中一直向外走，最终会通过超三维的空间而返回地球。

“各种理论上的验证都倾向于承认超圆体假说，现在人类将对它进行实践上的验证。当然，这趟旅行是十分漫长的。目前人类可观测的宇宙已达150亿光年，沿超圆体运行一周的路程将不少于数百亿光年。即使飞船一直以光速行进，它回到地球时也已经是数百亿年后了。那时，地球和太阳系肯定已不复存在，连宇宙本身也可能已经死亡，要知道，宇宙诞生至今也不过只有150亿年啊。”

全世界都在收视中国中央电视台的实况转播，全世界各处都回响着叶知秋苍凉深沉的声音，不少人因此热泪盈眶。

叶知秋是位老练的主持人，很快扭转了过于悲凉的气氛，笑着说：“至于光速飞船上的乘员，根据相对论，他们的生命速率将大大减慢，因此，当他们返回这儿时，可能还不到40岁呢。我真羡慕他们，他们比天地更长寿！”他转回头指着“夸父号”继续介绍，“‘夸父号’在临时乘员组的操纵下，在同步轨道上已停留了15天，所有部件已组装完毕，所有设施和货物也都就位了。现在它的巨大身躯旁有一艘服务飞船，‘夸父号’正式乘员组就在这艘服务飞船上。两艘飞船已开始对接，乘员组将登上‘夸父号’飞船，随后它就要点火启程。”

服务飞船已开到“夸父号”的中部，缓缓伸出对接舱口，与“夸父号”的对接口密合，又打开密封门，搭建起一条通道。趁这当儿，叶知秋向国外观众介绍了“夸父”这个名字的含义：

“夸父是中国神话中一位英雄，一位失败的英雄，可能因为这个原因，神话中关于他的记载也很简短。‘夸父与日逐走，入日；渴，欲得饮，饮于

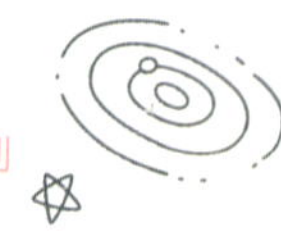

河、渭；河、渭不足，北饮大泽。未至，道渴而死。弃其杖，化为邓林。'”他提高嗓音继续说道，“失败的夸父一直是华夏民族探索精神的象征。把这艘飞船命名为‘夸父号’，表达了乘员们视死如归的精神，但我们希望他们能平安归来！”

小小的服务飞船内其实十分宽敞，近百名人类代表在为英雄们送行。这儿有中国国家主席派来的代表，联合国秘书长派来的代表，各国驻华使节，还有乘员的家属。服务飞船内鸦雀无声，在这个时刻，什么话语都显得分量太轻。他们默默地看着甬道尽头。

第一位乘员在甬道口出现了。他没有穿太空服，是一位十几岁的男孩子，额头很高，脸上稚气未脱，表情则是超出年龄的严肃。叶知秋介绍道，这一位是船长谢晓东，今年 16 岁——为了尽可能延长乘员在飞船上的生活年限，乘员的年龄要尽量年轻。谢晓东身高 1.78 米，体重 60 千克，智商 170，获得过哲学、语言学、数学、天文学、天文物理学、天文化学、医学、心理学等 14 个博士学位。听众中爆发出热烈的欢呼声。他们中有不少是环宇探险的铁杆支持者，“夸父号”乘员简直是他们心中的神灵。飞船上的气氛十分凝重，谢晓东首先同家人拥别，他的爷爷奶奶和父母都热泪盈眶，但都克制着，并没有哭出声。谢晓东同他们依依告别，继续同送行人默默拥抱，满头银发的国家主席代表，联合国秘书长代表，俄罗斯驻华大使，美国驻华大使……拥抱后他们都对他致以简短的祝福。

第二位乘员出现在甬道口。是一位同样年龄的女孩，大眼睛，眼窝较深，穿着无袖连衣裙。叶知秋介绍说，她叫狄小星，16 岁，身高 1.65 米，体重52千克，智商170，也获得了14个博士学位。她还是谢晓东的未婚妻，人类之脉将在“夸父号”飞船里延续。

狄小星也同送行人默默拥抱。她的母亲克制不住了，痛哭起来，泪水凝成圆圆的珠子，缓缓向下坠落。这里的重力已很微弱，每个人的动作看上去都轻飘飘的，给人以虚幻感。狄小星同母亲多拥抱了一会儿，在她耳边低声劝说着，然后继续前行，默默同他人拥抱。

两名乘员走过送行人群，在对接舱口处停下等待着。叶知秋提高声音说道：

“下面是令人振奋的一幕，经过有关方面反复磋商，迟至昨天才同意了谢晓东和狄小星的提议，决定让此次环宇宙探险的创意者，88岁高龄的周涵宇先生作为‘夸父号’的第三名乘员，周先生走过来了！”

一个羸瘦的老人出现在甬道口。

听众沸腾了。“让周先生上飞船”早就成了一个口号，不少人为他大声疾呼。他们说，周先生14岁即提出环宇探险的想法，74年矢志不渝，呕心沥血，终于使它成了现实。他完全有权在飞船上占一个位置。反对的人也不少，他们主要从人道主义立场考虑，说把88岁的老人送上一条不归路，恐怕过于狠心。周涵宇本人从未表态，他当然乐意上飞船，如果能死在太空，那是他最大的荣幸，但他不愿意成为年轻人的累赘。这个争论到现在才有了结果。

地球上的听众都欢呼着，甚至包括这件事的反对派。

老人步履蹒跚地走向送行者。他的脸上皱纹纵横，长有不少老人斑，胳膊上的皮肤暗黄松弛，但他的脸上洋溢着无上的光辉！眼睛中燃烧着永

恒的激情！他先同儿子拥抱，两人的拥抱多少有些生硬，因为他和儿子的关系一直是比较淡漠的，他怀着歉意，加大了拥抱的力度。

送行者依次同他拥抱，在深深的敬意中多少带着一些悲凉，毕竟他已经是 88 岁的老人了！昨天，在决定做出之后，太空署还匆忙为飞船准备了太空葬的器具。不过，从他本人近乎陶醉的表情来看，这个决定是正确的，让一个以环宇探险为终极目标的人死在太空是最好的归宿。

三名乘员向大家挥手告别，进入对接甬道。送行者也频频挥手，但没有说再见。不可能同他们再见了！这一点没有任何疑问。

“夸父号”的临时船长在甬道口迎接，他们互致军礼后紧紧拥抱，临时船长做了简单的交接，带着三名临时船员走进甬道，对接舱口缓缓关闭。服务飞船驶离“夸父号”，停留在 50 千米外，等待“夸父号”点火。

谢晓东坐上船长位，开始操作，尾喷管喷出橘黄色的火焰，“夸父号”缓缓脱离同步轨道，向外太空飞去。在尾喷管点火的刹那，地球上响起几十种语言的欢呼声，礼炮齐鸣，焰火照彻大地。“夸父号”很快脱离了地球重力。这时船上的太阳帆张开了，几百块巨大的帆叶组成一个更为巨大的环形船帆，由电脑自动控制着角度。太阳光的压力经船帆汇聚，变成飞船的动力。从远处看去，飞船就像一只巨大的半透明的水母。

飞船又沿地球轨道飞了一圈，熟悉的地球景色从舷窗外闪过，蔚蓝的海洋，白雪皑皑的高山，黄色的沙漠。当飞船背向太阳时，则是璀璨的万家灯火，不少城市在飞船经过的瞬间燃放了艳丽的烟花，将城市装扮成童话的世界。

三人在心中喊着：永别了，亲爱的老地球，生机盎然的老地球。

飞船沿切线向月球飞去，在那儿要做一次小小的重力加速。尽管月球上已建立了几个地面站，但总的说来仍是蛮荒一片。环形山和月球尘占据了整个视野，没有一点宜人的绿色和天蓝色。乘员们默默看着月球的地貌，从今天起，就要终生与这样的蛮荒相伴了。飞船沿月球飞出一个很陡的抛物线，飞过月球的白天和黑夜。小谢从船长位回过头，指着左前方，简短地说道："万户山。"

这是以中国人命名的一座环形山。万户，世界上第一个试图离开地球的人。他曾在一张椅子上绑上数十支爆竹，同时点燃，想借火药的反冲力上天。结果爆竹爆炸，他不幸身亡。想来，他在当时肯定被看作一个疯子，遭人耻笑，不过正是这样的疯子推动了历史的发展。

飞船正式开始了太空之旅，太阳帆已经产生了1g的加速度，所以飞船内恢复了正常的重力环境。电脑图林先生接过飞船的指挥，晓东和小星离开驾驶舱，跑到周老的身边。这会儿，他们都卸去了"大任在肩"的庄重，又变成了16岁的少男少女。他们喊着"周先生，周爷爷，我们总算把您拽到飞船上了！"

老人衷心地说："谢谢，谢谢，孩子们，我要给你们添麻烦了。"

"不要这样说嘛，周爷爷，您是'夸父计划'的创始人，完全有权做'夸父号'的乘员。您也是我们俩的心理依靠，有您在身边，我们就放心啦。"

老人笑着说："我只是一个老废物。我没有拿到一个博士学位，而你们拿到14个！不过，我真的高兴能来到'夸父号'飞船，这是我毕生的梦想。"

"您努力了74年，才把它变成现实。"

"是啊，74年的梦想，74年的努力啊！"

窗外是暗淡的天幕，飞船尾喷管的火焰熄灭了，冲压发动机还未启动，只有太阳帆在作用。飞船的速度很低，衬着广袤荒漠的天幕，飞船显得很小，飞得很缓慢，就像一只生命力脆弱的小甲虫。74 年了，环宇航行是他一生唯一的信仰，他为此耗尽了心血，曾被世人讥为异想天开的疯子。今天设想终于变成了现实，即使他立即倒地死去，也会含笑九泉的。

二　少年激情

74 年前，即 2009 年，北京奥运会结束不到一年，奥运所燃起的激情还在人们心中燃烧。这一年里，国际科幻大会又在北京开幕，这同样是一个激情燃烧的会议。

大会在中国科技会堂召开，中国科协副主席、航天专家曾郁参加了大会。会议结束后，他在记者的簇拥下走出会议室，不时停下来，同熟人交谈几句。这时，一个黑瘦的男孩子在门口拦住他。

男孩子就是 74 年前的少年周涵宇，他生于河南南阳镇平，一个多山的小县城，家境贫寒。他不是会议代表，但他凑够了路费，自费来参加会议。小涵宇衣着朴素，身形瘦削，一双眼睛像燃烧的煤块。他不善于和大人物打交道，略带口吃，急迫地说：“曾爷爷，耽误您一点时间，可以吗？我有一份最伟大的构思要同您探讨。”

最伟大的构思？曾郁好奇地看着这个窘迫的但说话极为自信的孩子，

慈爱地说：“好，你说吧。”

孩子皱皱眉头：“这个构思不是一两分钟能说完的，恐怕得一个半小时。”

曾郁看看秘书，秘书立即插进来委婉地解释：“曾主席很忙的，这样吧，把你的构思写成书面材料交给我，好吗？”男孩子不说话，倔强地看着曾郁。曾郁心中忽然一动。他担任科幻协会副主席已三年了。这纯粹是一个礼仪性的工作，他不过是迎来送往，开会时戳在那儿装装门面，哪儿能忙得抽不出一个半钟头呢。秘书的阻挡不过是官场的规矩。曾郁拦住了秘书，爽快地说：“好，我们谈它一个半小时。”

这次谈话不在会议安排之中，秘书匆忙安排了一个小会议室。屋内的沙发庄重典雅，黑漆桌面光可鉴人，周围墙上挂着伽利略等几位科学伟人的画像。小涵宇还没有进过这么高级的房间，他小心翼翼地把自己安顿在沙发里。服务员送来咖啡和水果，曾郁笑着问了他的名字，说：“开始吧。”

谈话一开始，小涵宇就找回了自信，他开门见山地说：“曾爷爷，我认为环宇探险该提上议事日程了，该提上中国领导人的议事日程了。”

“什么探险？”

“环宇探险，环绕宇宙的探险。”

曾郁惊奇地看看他，在这一刹那，他甚至想对方是不是神经病。不过显然不是，孩子言谈极有条理，双目炯炯发光，那儿燃烧的是理智的激情而不是疯狂。小涵宇早料到听话者的反应，为了这次谈话，他整整准备了一年，现在，他立即展开话题，滔滔不绝地说着。他的雄辩慢慢地打动了

曾郁。当然，他不会信服这个荒诞的设想，但至少要听这个孩子谈完，听他究竟说些什么。

这正是小涵宇要达到的初步目的。

他抓紧时机，一层一层地展开自己的阐述。他的阐述条理清晰，可以分为以下内容：

爱因斯坦的“宇宙超圆体假说”是环宇探险的理论基础，早在二十世纪三十年代，爱因斯坦就提出了这个假说。他认为，宇宙三维空间在更高的维度中翘曲、封闭，形成一个超圆体。你的目光如果能超越数百亿光年，那么，你一直向宇宙外面看去——就会看见自己的后脑勺。同理，一艘一直向外宇宙飞的飞船，最终将返回起点。这种高维度空间不大好理解，但如果做个类比就清楚了：人类曾认为地球是平坦的，一直向前走就会走到天尽头，绝不会返回原处。但实际上，平的地面在超二维的空间翘曲、封闭，形成了球面。现在谁都知道，一架一直向东飞的飞机，最终会回到自己的起点。

他说，“宇宙超圆体”假说在理论研究中已基本被认可，现在需要做的是去证实它，就像麦哲伦去证实“地球是一个球体”那样！

曾郁看看秘书，秘书不安地扭动着——他认为这孩子简直在说梦话，神经不大正常。如果这次会面传了出去，曾主席会被人暗地讥笑的。他低声咳嗽着，暗示曾主席该抽身了。曾郁知道秘书的用意，但他犹豫着没有说话。无疑，这个男孩子是个痴狂的科幻迷，他把对科幻的激情错用到实际生活中，但那个男孩目光中有某种东西使他不忍心结束谈话，那是信念，是强烈的信念。有了这样的信念，再平庸的人也会变得闪闪发光。

曾郁是个航天专家，但他是技术方面的专家，对于宇宙超圆体之类比较玄虚的理论，只是在青少年时期接触过。今天，他想干脆一直听到底，看看这个男孩还能说些什么。他拍拍秘书的肩膀，示意他少安毋躁，然后饶有兴趣地说：“嗯，说下去。”

男孩受到鼓舞，阐述也更有激情。他说：“一般人即使承认宇宙超圆体假说，也把环宇航行看成十分遥远的事，要几万年、几十万年后才能实现。实际上，空间技术的发展已经非常接近这道门槛了。”

曾郁不免失笑，如果说到具体的空间技术，这正是他的专业，他可从没意识到这道什么门槛。且听他怎么阐述吧！

男孩子说：“目前的宇宙飞船不能进行远程航行，主要是因为全部燃料要自带，燃料量毕竟是有限的，而且，绝大多数能量浪费在对燃料本身的加速上。不过，目前已经有了三种不带燃料的飞行方式，它们从技术上都已经接近于突破。如果从现在开始努力，百十年内就能达到实用。它们就是光帆式飞船、冲压式飞船和借星体进行重力加速。曾老，您是专家，我说得不错吧。”

曾郁当然知道这几种方法，不过，除了第三种，前两种基本还属于科幻范畴，他不想破坏孩子的兴致，点点头：“嗯，说下去。”

“光帆式飞船就是利用光压产生动力。太空中基本没有重力，没有阻力，所以即使非常微弱的光压，只要永远作用，也能使飞船达到极高的速度。从目前材料工业的水平看，制造既轻又薄又结实的光帆已没有问题。”

“嗯，冲压式呢？”

“冲压式飞船是利用收集网收集太空中极稀薄的氢原子（大约每立方厘

米一个），把它作为氢聚变的燃料进行飞行。受控核聚变技术估计在 50 年内就会出现突破，正好来得及用到冲压式飞船上。当然，这个收集网十分庞大，其直径至少要数千千米。不过科学家已想出办法，即用电离炮先把前方的氢原子电离，再用直径 300 千米的磁力罩去收集，这在技术上已经可以达到了。冲压式飞行有一个好处：飞船速度越高，收集效率也就越高，它基本可保证飞船达到 1g 的加速度。”

“嗯，第三种呢？”

“第三种就是从恒星体的重力场内窃取能量，这已在多艘飞船，如‘先锋 13 号’上使用了。而且，飞船的速度越快，旅途中出现的星体就越频繁，可借用能量的机会也就越多。特别是一些密近双星，像中子星、**白矮星**，它们的重力场极强，可使飞船达到数万 g 的加速度。而且和别的

白矮星：演化到末期的恒星，主要由碳构成，外部覆盖一层氢气与氦气，因其颜色呈白色、体积较小而得名。

加速方法不同，在重力加速过程中，乘员处于自由落体状态，即乘员本身并不承受加速度，不会因数万 g 的加速度而丧命！还有一点优势呢，随着飞船趋近于光速，飞船的质量会急剧增大，这时其他的加速方式效率都会大大降低，但重力加速方式则‘水涨船高’，因为它的加速效应本身就和质量有关。”

男孩子说累了，稍稍停顿一下。他一直很拘谨，没有动面前的咖啡，这会儿忘了客气，抓住咖啡杯一饮而尽。曾郁示意秘书唤来服务小姐，又倒了一杯。男孩子红着脸，低声说了一句“谢谢”。曾郁对他十分感兴趣，显然，这个从县城来的男孩性格拘谨，不善交际，不够从容大度，但只要一说起环宇飞行，他立马像换了一个人，神彩飞扬，妙语连珠！曾郁是个过来人，他想小涵宇将来是能成大事的，因为他已具备了最重要的条件：对某个目标的痴迷。

而且，男孩的分析不无道理，尽管一般人常把远距离宇宙航行看成十分遥远的事，但静下心来分析，技术上的难点确实有望在百年内解决——只要从现在起就把它定为必须实现的目标。男孩子没提到远距离旅行中的生命保障系统，即物质的封闭循环系统，这个问题也接近突破了。但是，远距离太空旅行和环宇航行毕竟还不是一回事，后者可是几百亿光年的旅程！这个男孩子的野心未免太大了。

男孩子喝了咖啡，定了定神，继续着他的分析：“还有一条是人的寿命限制——几百亿光年的旅程，人的寿命却只有几十年！实际上，这却是最容易解决的问题。根据相对论，近光速飞船上的时间要大大减慢。我已做过计算，如果飞船能基本维持在 $0.5g \sim 1g$ 的加速度范围内，飞船在

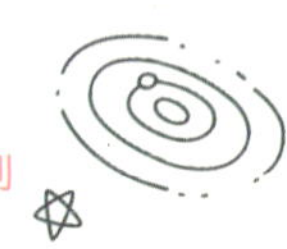

10 ~ 15 年内就会非常逼近光速，这时，飞船上的时间速率只有正常时间的 15 亿分之一。所以，飞船上的乘员绝对可以在 30 年内完成数百亿光年的旅行！喏，这是我的计算。”

他从书包里掏出一张纸，上面密密麻麻地打印着计算过程。曾郁接过来，大致扫了几眼。他的计算没错，对于计算前提的假设也基本合理。曾郁又一次受到震动。他当然清楚爱因斯坦的相对论，但他从未认真想过，相对论能导出这样一个结果——30 年环游宇宙！这与人们的认知有太大的反差。

小涵宇很高兴，自己的发言看来已征服了曾郁，他一年的准备总算没有白费。他下面的阐述就属于扫尾性质的了。他认为：环宇航行还有一个最大的技术难点就是飞行的定向——怎样才能一直向“外”飞，而不会在中途转向，以保证飞船精确地返回起点——地球。但是，相信一百年后的计算机能根据星座图处理这件事。再一个难点是经费，据他估计，环宇航行的实现要投人 500 亿元。这当然是一笔十分庞大的投人。“但是，”他诚恳地说，“这笔钱值得！中国的国力已经很强大了，百年之后，国民经济总产值估计要达 100 万亿元。而且，500 亿元是在百年之内逐次投人，每年开支只占当年国民经济总产值的很小一部分。曾爷爷，我总觉得中国人对世界文明的贡献还可以多一些，我们是一个陆地民族，不崇尚冒险，在历史上错过了很多机遇。我想，这次该中华民族带头了！”

他结束了他的布道式发言，急迫地盯着曾老，等待他的回答。

曾郁确实很感动，一个县城的十几岁男孩竟有这么博大宽广的胸怀，这么宏伟的设想！从某种意义上说，这也代表一个民族向上的心态。不过，作为一个严谨的技术专家，他不会这么轻易被说服。只能说，孩子的大体构思是正确的，但其中还有不少粗疏之处，而任何一处忽略的难点都有可能耽误上百年的进程。比如，飞船舱内大气的漏泄问题。再好的密封也会有轻微的漏泄，去月球完全可以忽略这一点，但对于处在长期飞行状态的飞船来说，这是个很严重的问题，因为飞船一旦离开地球，就不会再有氧气的补给。他思索一会儿，单刀直入，点出了最关键的问题：

“孩子，你的构思很宏伟，设想也比较全面，不过……你已说过，这是一个长达数百亿光年的旅程，即使是光速飞船也要耗费数百亿年。你也说过，光速飞船的乘员可以在 30 年内完成环宇航行——但飞船外的人呢？他们仍拥有正常的时间。几百亿年后，我想太阳系和地球肯定已毁灭了吧，估计宇宙也灭亡了。那时，探索飞船如何回来？回到哪儿？如果他们只能回到正在走向热寂的宇宙，这样的航行有什么意义呢？”

小涵宇对这个诘问胸有成竹，目光炯炯地看着老人，答道：

“我研究过麦哲伦环球旅行的历史。据史书记载，麦哲伦的决心和信念完全基于一份错误的地图，那张图在南纬 52 度上画了一条根本不存在的海峡。他原想经过这道海峡完成环球航行，后来才知道那只是一条大河的入海口。但麦哲伦很幸运，他终于找到了一条真正的海峡，越过美洲，进入太平洋，完成了环球航行。纵观人类历史，理论常常落在探险和探索之后。现在去说宇宙的热寂还为时过早，不如横下心来去干这件事，再观察它到底带来什么后果。而且，即使宇宙热寂说是正确的——为什么不放一条光速飞船去逃生呢。宇宙中有各种各样的天体，有主序星、行星、白矮星、中子星、类星体、黑洞，但没有一个实体能达到光速。能达到光速的只有

光子和**中微子**，它们的寿命是无限的。如果我们能用人工的方法造出一个非常接近光速的实体，也就赋予它几乎无限的寿命，说不定它能活过宇宙热寂，把文明播到下一个宇宙呢。想想看，即使不考虑环宇航行，单单光速飞船本身，也值得我们做下去。”

曾郁再次对他另眼看待。这个貌不惊人的男孩，心胸竟这样开阔，甚至可以说他已经超越了人类功利的生命境界，立足于宇宙文明之上了。当然，他不是赞同他的观点，至少说，要谈光速实体，在二十一世纪恐怕太早了。他爽朗地笑着：“与君一席谈，胜读十年书，我很高兴今天能认识你这位小朋友，聆听这样一段不寻常的见解。不过，花 500 亿元去造一艘环宇飞船，恐怕不大现实。我们国家有很多更需要钱的地方。比如，西北沙漠化的根治，黄河这条‘悬河’的治理，环境污染……你说的应该是下一个世纪的计划了。”

知识点拓展

光子：也称光量子，是传递电磁相互作用的基本粒子。这一概念是爱因斯坦在 1905 年至 1917 年间提出的，由此推动了实验和理论物理学在多个领域的巨大进展。

中微子：又称微中子，是轻子的一种，也是组成自然界的最基本的粒子之一，常用符号 ν 表示。中微子不带电，质量非常小（有的小于电子的百万分之一），以接近光速运动。1930 年，奥地利物理学家泡利为了解释 β 衰变中能量似乎不守恒而提出这一概念，1933 年正式命名为中微子，1956 年才被观测到。

小涵宇有点着急了：“不不，曾爷爷，我认为时机已经成熟了。美国二十世纪六十年代搞登月计划时，国力还不及我们现在的国力；那时，登月车所用的电脑，还不如早已淘汰的386呢。一个民族只要具备一种信念，定出一个共同的目标，造出一种气势，就能转化成巨大的物质力量。您说对吗，曾爷爷？”

曾郁无奈地说：“很好，孩子，你的热情已经快把我说服了，但500亿元的开支不是我能决定的，连国家总理也不能单独决定。这样吧，你可以把你的建议写成书面材料，我负责把它转交给有关方面。”

小涵宇马上从书包里掏出一叠材料，恭恭敬敬地交给曾郁。材料打印得很整齐，封面上写着“关于立即着手开始环宇探险的建议”。他认真地说：“曾爷爷，我相信您，您一定会把我的建议转给国家领导人的！”

“我一定会的，再见。”

从把建议书交给曾爷爷时起，周涵宇就急迫地等着回音，但建议书从此石沉大海。

多少年后他才知道原因，并不是曾爷爷轻诺寡信，但他年事已高，第二天就突发中风，虽然被抢救过来，但神志已经不清楚了。从此，他就与轮椅相伴，用茫然的目光看着这个他已不能理解的世界。

有时，他会紧皱眉头，努力地回想，似乎有一件未了之事，一件他许诺过的事，一件不该忘记的事，但他终于没能回想起来。这使他十分烦躁，他一直口齿不清地向亲人诉说，发脾气，但亲人们不能理解他的意思。

只有他的前秘书猜到了，但一直没有说破。在秘书看来，那份建议书

纯粹是白日梦话，是精神不大正常的人写的，他不理解曾主席竟然答应替男孩子转交！秘书相信，一旦这份建议书真的转交给有关方面，那些人肯定会表面恭敬、内心怜悯地看着曾老：是不是老人已老糊涂了。

秘书不愿曾老的名誉受损，所以，他把这份建议书悄悄送进了碎纸机。一直到40多年后，秘书也变成一位耄耋老人时，他才向周涵宇忏悔。那时，环宇探险事业已经在全国深入人心了。

三　航程

飞船里仍保持着24小时的节律，保持着北京时间。早上6点，当地球上的太阳开始升起时，飞船天幕灯即开启并缓缓加强，在飞船内营造出白天的气氛。三名乘员都按时起来锻炼，有时晓东比较贪睡（他毕竟是一个16岁的孩子），小星就会敲着他的门，大喊："太阳出来了！"白天是两个孩子学习的时间；晚上6点半，天幕灯缓缓变弱并熄灭，乘员们便把居室灯打开。这样的灯光转换实际上毫无意义，但飞船上的人认真地做着，就像是执行某种宗教仪式。

他们是在以此来保存对地球生活的记忆。

飞船一直是背对太阳而行，现在离太阳已有0.23光年，阳光微弱多了，但它仍不屈不挠地推动着巨大的光帆，给飞船提供0.4g的加速度。这个加速度在飞船内造成了较弱的重力环境，在他们的感觉中，飞船一直在向上飞，太阳却永远藏在地板之下。

飞船速度已经达到 0.2g（光速）。这个速度还太低，冲压式动力系统还不能起作用。因为速度远低于光速，由速度引起的时间缩短效应也不显著，所以，这一段航行将是整个环宇航行中最难熬的一段。按预定的航向，飞船将直奔小犬星座的 α 星(又名南河三，星等 0.37，距地球 11.3 光年)，在那里做第二次重力加速，并借助于南河三的强光驱动光帆。之后，开向双子座的 β 星（又名北河三，星等 1.16，距地球 35 光年)，然后奔向猎犬座的 α 星（又名参宿四，星等 0.41，距地球 520 光年，它是一座变光星)，在双子座 β 星、猎犬座 α 星附近再来两次重力加速。其后，飞船要穿越猎户座大星云（距地球 1 500 光年)，因为对于冲压式飞船来说，含氢的星云是最好的燃料补给站。穿过猎户座星云后，飞船的速度就非常接近于光速了，此后飞船不会再走曲线，而是直奔 150 亿光年外的一个类星体而去。

那时，飞船上的时间速率将非常接近于零，乘员们将在眨眼之间穿越一个星系，在一呼一吸之间目睹一个星系的诞生、成熟和灭亡。那时，他们将拥有“上帝之眼”。

但目前，他们只有耐着性子，任凭“夸父号”飞船在茫茫宇宙中缓缓地“爬行”。窗外永远是暗淡的天幕、不变的星空，各个星体都安静地待在自己的原位，似乎一万年都不准备挪动。这种一成不变的航行太乏味了。人类在地球上修高速公路时，会在过长的直路上有意地加几个转弯，为的是防止驾驶员在一成不变的环境下打瞌睡，现在，晓东和小星真切地认识到，这个规定太对了。

尽管两个高智商的孩子都拿了 14 个博士学位，他们对学习抓得仍然很

紧，光盘里有学不尽的知识，如果对纯粹的学习感到厌烦，还有希尔伯特的几个经典数学难题在等着他们。他们学得很自觉，因为，当他们在航行中面临一些突变，需要做出抉择的话，什么知识都可能是有用的。何况，这也是克服旅途烦闷的最好办法。

对于飞船的操纵，他们反倒无事可做，主要由电脑图林先生直接操纵。飞船的航行有着固定程序，不可能停靠，不可能减速，尤其是速度接近光速后，因为那时的减速要耗费巨额能量，而飞船上储存的重水只够一次减速之用，也就是在返回地球时用。“如果途中遇到外星人怎么办？”两个孩子在接受培训时曾问，答案是：只有对外星人的存在确认无疑，而且确认其科技水平可以向飞船补充燃料的时候，才能下达飞船减速的命令。

对于光速飞船来说，要迅速做出准确的判断不是一件容易的事。

晚上 7 点是与地球的通话时间，晓东打开了通话器，其他两人围在旁边。估计与地球的联系很快就要中断了，至少是单向中断，因为飞船上的电台功率较小，无法飞越几千亿千米的距离。现在，三个人都十分珍惜与地球的每一次通话。

电波中传来老地球的声音，虽然已很微弱，但还相当清晰：

“地球北京天文台向‘夸父号’呼唤，你们在 2087 年 6 月 8 日发回的电波已收悉，现在是地球时间 2087 年 10 月 10 日 19 时 3 分 20 秒。据我们测定，你们离地球已有 0.23 光年的距离，并精确地保持着预定的行进方向……”

谢晓东迅速计算了一下，扣除回电所耗费的时间，截至地球发出这封回电时，飞船上的时间已比地球上少了3天，他简短地告诉周爷爷：“我们比地球人已年轻了3天！”

谢晓东向地球汇报了今天的航程和飞船上的生活情况。下面是与家属通话时间，这是三个人最为珍视的时刻。可惜，由于距离的遥远，一方的通话，对方要在4个月后才能收到。所以，这不是通话，而是互不相关的陈述。双方都意识到，连这种打了折扣的联络都很快就要中断了，永远地中断了，所以，语调中难免透出悲凉。狄小星的妈妈说，家里一切都好，小星最喜欢的小猫白点子昨天生了四只猫崽（当然这已是半年前的事了）。谢晓东的父亲说，他和晓东妈刚刚庆祝了25年银婚纪念日，家宴中还特意为晓东摆了一副碗筷。最后通话的是周涵宇的儿子。这是与儿子的第一次通话，所以老人很激动，手指微微颤动着。儿子的话很简单，仍多少透着生疏，但他以尽量亲切的语调向爸爸问了好，祝爸爸长寿，还说他的重孙子昨天刚刚出生，为了纪念曾爷爷，特意取名为“环宇”。

周涵宇的眼眶中涌出热泪。两个孩子在旁悄悄观察着，既为老人高兴，也可怜他。老人与妻儿的不和是尽人皆知的，他妻子早已去世，离开地球这么多天，儿孙们竟然没人与他通话。所以，每次同家人通话时，晓东和小星都生怕刺激了老人。谢天谢地，今天，他的儿子总算良心发现了！晓东把话筒递给老人，轻声说：“爷爷，您给家人说几句吧！”

老人嗓音颤抖地说：“儿子，谢谢你的通话。爸爸这一生亏负你们太多，请你们原谅我吧。问全家好，替我亲亲我的重孙子。”

他把话筒递给狄小星，小星说：“以下是狄小星同家人的通话。爸、妈，我们这儿一切都好，请转告我的心理老师雷英，他所担心的心理幽闭效应

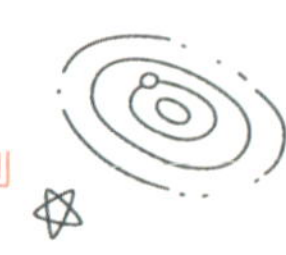

并没有出现。因为飞船上现在有一位亲切的老祖父，他每天都给我们讲地球的风土人情、历史掌故，这一切冲淡了旅程的寂寞。我们真庆幸他能上飞船，我们希望他能活一百岁、两百岁，永远陪着我们！”

听着这些孩子气的话，周涵宇笑了，把小星揽到怀里。

通话完毕，两个孩子立即围坐在老人身边，“爷爷，今晚讲什么？”

老人抚摸着他们的脑袋：“你们说呢？”

“讲各地的小吃！”“讲各处的景点！”“讲地球上的笑话！”

“行啊，行啊。”老人既欣慰，也对孩子们心生怜悯。为了承担环宇航行的大任，几百个孩子从 8 岁起就过着基本封闭的生活，进行强化学习和锻炼。经过一轮又一轮残酷的淘汰，只剩下小星和晓东两人。这两个孩子没享受到童年欢趣，他愿意为他们补上这一课。

“今天讲讲地球上的野草，你们愿听吗？好，我就介绍几种中国北方常见的野草。有一种叫节节草，茎是一节一节的，细叶，附地生长，其根部是白色的，和茎部一样呈节状，有甜味。这种草生命力很强，你把它连根刨掉，再埋进土里，它的茎部就会变成根，顽强地探出头去，活下来。还有一种野草叫马齿苋，叶子肥厚，像马的牙齿，可以做蒸菜吃，略带一点酸味儿，但味道很可口。这种草的生命力也很顽强，把它拔下来晒上四五天，叶片的绿色都不会变，种下去照样能活。另一种叫酸豆秧，十字形的叶片……”

虽然他讲的是平淡无奇的乡间杂草，两个孩子还是听得津津有味。

深夜，铃声突然刺耳地响起，电脑图林先生自动打开屏幕，用合成声音高声喊：

“谢晓东先生，狄小星小姐，快起来，周先生心脏病发作了！”

狄小星第一个跳下床，另一间屋子里，谢晓东也跳下床。他们赶到周老的卧室，见他面孔苍白，呼吸急促，心电监视仪上显示着极不规则的搏动。

两人都经过严格的医务训练，立即投入紧张的抢救，为老人注射了强心针。少顷，老人慢慢地睁开眼睛，看到晓东正在寻找血管为他打吊针，便虚弱地说：“晓东……不必为这具破躯壳浪费药物了，飞船上药物有限……这辈子能死在飞船上我已经满意了……”

谢晓东打断了他的话：“不要说话——请服从医生，配合治疗。”

这会儿，两个孩子已完全脱去稚气，行动干练自信。周涵宇喜悦地想：不愧是经过严格训练的航天员啊，我即使死去也放心了。然后，他在药物的催眠下沉沉地睡去了。

第二天早上，周涵宇醒来了，见小星在房间里值班，她伏在床边睡得很甜。周涵宇怕惊醒她，小心翼翼地不敢动。但狄小星还是立即醒来，俯身问：“爷爷醒了，您感觉怎么样？”

“我已经完全恢复了，小星，快点休息吧。”

“不，我不困，我现在给您拿早饭。”

两个孩子围在他的病床边吃了早饭，仍是千篇一律的太空流食。在飞船的食物封闭循环中，制造美食所需的机器的结构过于复杂，为了环宇飞船早日上天，乘员们不得不放弃了口腹享受。在早年的宇航训练中，晓东和小星早已习惯了这样的食品，所以他们吃起饭来并不觉得是吃苦。老人看着他们，泪珠悄悄溢了出来。

“爷爷，你怎么啦？”

“没什么。”老人掩饰着，“大病之后一时的感情脆弱。孩子，你们选择了这条人生之路，不后悔吗？”

“不！”两人同声回答。谢晓东看看小星，笑着说：“爷爷，知道我是怎么走上这条路的吗？说来和您直接有关呢。”

“是吗？”

“我早就想把这件事告诉您了，我要完成我爷爷谢大成的嘱托——亲口向你道歉。”

老人困惑地说：“你说的什么呀，为什么要道歉？”

收拾了餐具，两人围在老人床边，晓东说：“爷爷，您为了环宇飞船，从 25 岁起就在全国演讲募捐，整整奔波了 50 年。您还记得第一次募捐是在什么地方吗？”

“当然记得，是在我家乡附近一所小学，菩提寺小学。”

“您还记得第一个捐款的学生吗？”

老人坐直了身子，急急地说：“记得！我不知道他的名字，但我还记得他的样子，是个又黑又瘦的男孩子，脑门特别高，他……”

晓东笑了：“难道你没有发现我的大脑门吗？他是我的爷爷，谢大成，飞船上天前他已经去世了。”

老人定定地看着他，百感交集，喃喃地说：“对，你和他很相像，这已经是 60 多年前的事了。”

“我爷爷是环宇事业的铁杆支持者，我的爸爸妈妈也是。如果可能，他们都乐意当‘夸父号’的船员。他们都没赶上，我赶上了。我这辈子是在环宇之梦中长大的，你想我会后悔吗？”

小星说：“我也是一样。爷爷，我从小就是您的崇拜者，能和您在一条飞船上，您不知道我们有多高兴！昨天晚上您把我们吓坏了，以后您可不许再犯病，要陪我俩一直走完整个航程！”

老人发自内心地笑了：“好的，好的。放心吧，咱们的飞船越飞越快，死神追不上啦。”

四　第一名捐款者

菩提寺小学在一片浅山区，当25岁的周涵宇把它选为募捐第一站时，他自己也不知道是如何选中的，是天意，还是偶然。小学比较贫穷，教学楼虽然刚刚翻盖过，但建筑粗糙简朴，学生的衣着式样也比较陈旧。他硬着头皮找到校长，一个刚过30岁的瘦削男子，戴着一副近视镜，面相很和善。周涵宇红着面孔讲完来意，他知道自己的设想对一般人来说过于玄妙，很可能会被人当成骗子。王校长耐心地听完，仰着头思索片刻，又盯着周涵宇看了一会儿，忽然出人意料地说：

“行啊，给你一个小时。”他补充一句，“中国孩子还是要有一点梦想的！”

周涵宇猛然拉住校长的手，热泪唰唰地流下来，他哽咽着，仅仅说出两个字：

“谢谢。”

下午课外活动时，100 多名小学生集合在操场上，主席台是一张课桌，上面放了一个粗糙的捐款箱，是用硬纸箱临时糊成的。周涵宇望着 100 多个人头，100 多双眼睛，口里发干，心脏扑通扑通地跳着。自从 14 岁那年他把倡议书交给曾郁爷爷后，就一直盼着回信。但倡议书石沉大海。此后，他把一封一封的倡议书寄给有关单位，仍如泥牛入海。他并不怪罪有关单位的掌权者，毕竟“环宇探险”的想法太超前、太胆大包天，与现实生活的反差太大。曾老说得对，中国要花钱的地方太多了！但他没有停止努力，他决定改变方法，从打动老百姓开始，再去推动上层。今天，是他进行募捐的头一次讲演，但愿它能成功。

他终于镇定了下来：“同学们，”他开门见山地说，“人类天生具有探索与探险的天性。人类是在东非诞生的，大致在 25 万年～30 万年前，他们开始沿非洲东部向北迁徙，经过西奈半岛、中东，进入亚洲；又向北扩张，大约在 3.5 万年前，进入欧洲，并在各地区进化出黑种人、黄种人、白种人等各色人种。大约在 2 万年～4 千年前，几支属于蒙古人种的部落（一说是日本岛的绳纹人和阿伊努人）先后跨过辽阔蛮荒的西伯利亚，经过串珠似的阿留申群岛，进入北美洲。随后迅速向南蔓延，于是，美洲大陆上留下了因纽特人、印第安人和玛雅人的足迹。大致在同样的时代，马来半岛上的土著民族也向大洋洲扩张，使人类的足迹遍布大洋洲的各个群岛、新西兰和澳大利亚，形成了众多的岛域土著民族。你们从历史书中可以知道，是哥伦布发现了美洲，库克发现了澳洲。但实际上这只是人类的第二次发现，早在数万年前，人类就发现了非洲、亚洲、欧洲、美洲和大洋洲，这些发现都是由不知名的英雄们完成的！”

操场上鸦雀无声，一百多双黑黑的瞳仁紧盯着他，他愈发进入状态，把萦回于心中十几年的激情倾倒给听众：

“这些史前探险家的探险生涯是无比艰难、无比危险的，不妨设想一下，一支蒙古人种的部落沿水草丰饶的西伯利亚草原逐年北上，进入冻土带，进入冰天雪地的北极圈。他们根本不知道白令海峡另一边有一个广袤的大陆，他们很可能认为这个酷寒的世界就是地狱的入口，那么，是什么信念支持他们毅然跨过白令海峡？再看看大洋洲，不少岛屿，比如复活节岛、夏威夷群岛都孤悬在大洋深处，离最近的陆地有数千千米。那时，人们没有地图，没有指南针和六分仪，没有能长期保存的罐头食品和瓶装淡水，没有设施齐全的越洋木船，甚至，他们根本不知道浩瀚大洋的对面有没有大陆或岛屿。那么，他们为什么有勇气开始孤注一掷的探险？每每想到这里，我都由衷地佩服这些无名的探险家，包括无数在探险中牺牲的失败者！”

听众中有了轻微的骚动，随即安静下来。

“刚才说过，对这些新大陆的探险都发生过两次，两次的情况不同。第二次探险的成功者都在历史上留下了名字，推动了世界范围内的移民，促进了本国的富强。但第一次探险，即史前探险却是一去不返式的。他们在新大陆撒播了人类的种子，但他们的信息丝毫没有传回自己的母族、母国。比如说，我们中国人从来不知道蒙古人种的一支后裔或侧支，竟跨越半个地球到了北美洲和南美洲。他们的探险也没有为母族带来任何的利益。但我们能因此就抹杀他们的功劳吗？”

台下，一个男孩子脱口喊了一句：“不能！”那孩子看到周围的人们都

人神地静听，忙捂住嘴巴。周涵宇不由绽出一丝微笑，提高嗓音说：

“我们不必去羡慕古人，羡慕那些大无畏的史前探险家，因为，一项空前伟大的探险在等着我们，那就是——环宇宙探险！”

在听众的震惊中，他尽量简明地介绍了爱因斯坦的宇宙超圆体假说，并说明，一般人认为是“科幻性”的行动，实际上已能提上人类的议事日程，因为环宇飞船的技术已接近于突破。他说，这也是一种史前式的探险，探险者很可能再也回不到地球，连他们成功与否的信息也传不回来。即使如此，这项探险仍值得做下去，原因无他，就因为探险是人类与生俱来的天性，它超越了狭隘的功利目的。

他讲得激情飞扬。有人走上讲台为他倒杯水，是校长，目光中还满含鼓励。他感激地向校长点点头，端起杯，喝了一大口。入口才知道茶水太烫，校长想阻止他，却晚了半拍。这个小插曲在听众中激起一片笑声，但笑声马上停止了。

“中华民族是一个陆地民族，实事求是地讲，我们比较欠缺探险精神，除了郑和下西洋值得大书一笔外，其他探险活动乏善可陈。现在机遇摆到了我们面前，如果努力去做的话，环宇航行有可能在一个世纪内实现。我呼吁全体中国人从现在起就来推动这件事，使环宇探险成为这个世纪中国人的精神凝聚点。当然，组织这次探险耗资巨大，难度很高，但只要 13 亿人立志去做，天底下还有克服不了的困难吗？想想 20 世纪 60 年代的美国登月计划吧。”

他郑重地指指捐款箱，“所以，我今天为环宇探险向少年朋友募捐。我谨在此发誓，你们捐的每一分钱都会用到环宇探险事业上，绝不会变成酒宴上的饭菜，不会被人中饱私囊。此心昭昭，可对日月！现在，请大家踊跃捐款，数量不拘。”

台下一片静默。周涵宇心中忐忑不安，毕竟这是他的第一次募捐，毕竟他说的环宇探险是过于超前的事。如果没有一个人捐款，他也会高贵地接受失败。但他的担心是多余的，台下的静默只是因为听众太投入了，片刻之后，刚才曾脱口高喊的那个男孩高叫着：“我捐！”

他急忙跑上讲台，把两张一元钱投进捐款箱。在他身后，一百多名学生蜂拥而来，100 多只小手在空中挥舞着，争着向箱内投入自己的钱。周涵宇的眼泪不由得流下，声音嘶哑地说：“谢谢，谢谢！”

第一个捐款的男孩子跑过来——他就是谢晓东的祖父——拉拉周涵宇的衣襟，认真地说：“我明天还要捐，我到哪儿找你！”

“我明天在学校门前等你，谢谢你，小兄弟！”

最后捐款的是校长，他向箱内投了一张 50 元的钞票，笑嘻嘻地说：“周先生，我不相信你说的——环宇航行会在一百年内实现，但我仍感谢你为孩子们编织了一个美妙的梦。”

“谢谢校长，谢谢！”

第二天，周涵宇怀抱着捐款箱立在校门口，那个男孩子果然又捐了 20 元钱，还有几十个学生再次捐了款。一个 30 岁左右的路人不知道这儿是在干什么，走过来，歪着脑袋观察捐款箱，听了孩子们的话，他讥诮地说：“什么狗屁探险？骗钱呗！这些娃儿们全是傻蛋！”

周涵宇直视着他，忽然咬破手指，在捐款箱上写了一行血字：“如有一分钱未用到环宇探险上，天诛地灭！”那个人读过这行血字，脸红了，讪讪

地离开了。一群孩子围着他七嘴八舌地说："不要听他的，大哥哥，我们信得过你！"

就这样，从这所小学开始的涓涓细流，最终汇成了大江大海。50 年后，他和伙伴们募得了数百亿元的资金，启动了环宇探险事业。在这个世纪中，环宇探险始终是中国社会的主旋律，它凝聚了一个民族的意志，值得一代一代人坚持下去。

晓东和小星依偎着坐在对面，老人想，他们是一对恋人，可惜他们的恋爱没有花前月下、湖光山色。他们要在广袤酷寒的太空中度过一生，而这一切都是从那两元钱捐款开始的。周涵宇一直不知道那个男孩的姓名，因为所有捐款者都没留下名字，但他清楚地记得男孩的模样。他说："晓东，你爷爷的那两元捐款，可以说是环宇事业的奠基石，我永远忘不了他，在我心目中，那两元钱一直是安放在祭坛上的——可是，你说什么道歉？我对他只有感激。"

晓东和小星相视一笑，显然连小星也清楚这件事的根根梢梢，她问："爷爷，在您开始募捐的 6 年后，曾有过很轰动的'非法集资案'，你肯定不会忘记吧。"

"当然，这件事的起因全怪我。"老人愧疚地说，"那时我是凭一腔热情去搞募捐，但几乎是个法盲，不知道金融机关对集资有严格的规定。开始时，我大多是在小县城募捐，社会影响比较小，也没有人来管我。6 年后，等我筹到了 4 000 万元，在社会上有一点影响，忽然法院封了我的账号，把我也拘捕了。那时，我觉得天塌了，在拘留所的两天两夜里，我的头发成把成把地往下掉，嗓子哑得几乎失音。”

“舆论界那时也对您大加挞伐，‘世纪骗子’‘拙劣的科学骗局’……对吧。”

老人宽厚地说：“那只是因为他们不了解真相，不怪他们。”

“可是，您知道这场讨伐对我爷爷的影响吗？他是您的狂热支持者，他省吃俭用把微薄的积蓄捐出来，一次又一次；他到处向人宣讲环宇探险……可是忽然间别人告诉他，你信仰的那个人是个大骗子！我爷爷的精神世界一下子崩坍了。如果果真如此，他被骗走的可不仅仅是钱财，而是一生的信仰！他甚至准备了匕首，想找您去复仇。”

老人肃然起敬：“真的吗？他是个真正的血性汉子，即使他把匕首捅到我的心窝里，我也会敬佩他。”

“幸亏他还没有完全失去理智，决定在复仇前亲自了解一下，于是他单枪匹马地开始了调查。他询问过您的募捐事务所的义务员工，也询问过您的妻子。那时，您还没有离婚。”

晓东小心翼翼地说出最后一句话，他知道这是老人心中永远不会痊愈的伤口。果然，老人的脸色阴了下来，苦涩地说：“我们是在两年之后离的婚，怨我对他们母子太薄情。”

“我爷爷谢大成拜访了您的妻子，在那时，他看到了真实的您。”

谢大成几经周折找到了周涵宇的家。主妇穿着围裙开了门，冷冷地盯着他，一副拒人于门外的表情，不过她最后还是让他进了屋，指了指沙发让他坐下。屋内摆着一辆婴儿车，一个大约两岁的男孩正在熟睡。屋里的摆设很简单，也相当凌乱，到处是小孩的玩具，几件脏衣服扔在地上，主

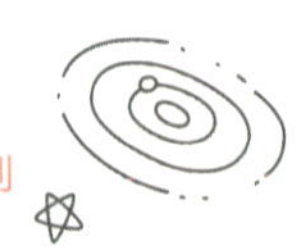

妇的脸色透着疲惫。谢大成自称是某师院校刊的编辑（这点他没说谎），想来采访周先生，主妇听后愤怒地说：“他死了！他不在这儿！”

看到来访者的困窘，她又多少缓和了语调，“我让他从这儿搬走了，我们已经分手了。我是被逼无奈，你看看这个狗窝！”她的怒气又渐渐高涨，“他从不顾家，一天到晚念叨着环宇宙探险，和一群狐朋狗友一侃就是半夜。他每个月的工资只交给我 200 元，剩下的全填到那个无底洞中，迎来送往，出门演讲，花起钱来大方得很，只有对家里一毛不拔！”

她的声音太大，把孩子惊醒了。男孩撇着嘴哭泣，她忙把他抱起来，孩子在她怀里胆怯地看着生人。女人的嗓音放低了：“他是个精神病！走火入魔，信的是邪教！”

谢大成环顾着屋内的贫穷模样，喃喃地说：“听说他已募集了 4 000 万，也有人说他中饱私囊，他怎么不给家里留点儿钱呢？”

“放屁！”女人粗鲁地说，“我已经不打算和他过下去，犯不着为他辩护，不过人说话得凭良心。他哪里中饱私囊？他要是知道中饱私囊，也算得上是个人了。我这里像个狗窝，他自己的日子更是连狗都不如，每天省吃俭用，破衣烂衫，省下的钱都塞到那个无底洞中去。他迷上什么不行，偏要迷上环宇探险？这种玄天虚地的事情……”

谢大成觉得，该为周涵宇进行辩解了：“大嫂，环宇探险并不是玄天虚地的事情，19 世纪末，俄国的齐奥科夫斯基就梦想火箭上天，那时他也被人们看成是疯子。现在，人类不是已经在月球和火星上登陆了吗？人类的科学进步都是从一个疯狂的想法开始的……”

女人不耐烦地打断了他的话，“你和他是一路货，”她非常精当地评价着，

“谁当你的女人，谁也倒霉。走吧，你走吧。”

从周妻那儿回来后，谢大成又恢复了对周涵宇的崇拜。其后在对周涵宇的声援队伍中，谢大成是奔走最出力的一个。半年后，对这起非法集资案的审判结束了。毫无疑问，周涵宇的行为触犯了法律，但他的赤子之心打动了法官，对他的处罚之轻是前所未有的：责令补办登记，查封的捐款全部解冻。法庭宣判过后，周涵宇含泪对法官鞠躬，对听众席鞠躬。只是，他不知道声援人群中有一个叫谢大成的人。

经过这一番折腾，环宇探险事业的名声更大了。此后44年，他们共募集到500亿元的捐款，政府将环宇飞船的建造纳入了国家科技进步计划，3万名科技精英为之日夜奋斗。一直到2083年，集结了数代人心血和智慧的环宇飞船终于踏上茫茫的宇宙之旅。

“晓东，不要提什么道歉的话，感谢你的爷爷，感谢你们！”

五　太空婚礼

“‘夸父号’向地球呼唤，‘夸父号’向地球呼唤。”狄小星对着通信器说。地球的电波早已中断了，但他们仍坚持每天的通话，就像是一种宗教仪式。“现在是飞船时间2092年7月24日18时20分32秒，‘夸父号’飞船刚刚掠过小犬α星，获得了又一次重力加速，现在飞船速度已达0.999g，距

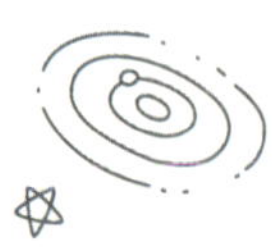

地球 22.3 光年。”

0.999g，相应的时间速率为地球的 1/22。他们已离开地球 32 年，但飞船上的时间只过了 9 年。总的说来，航行十分顺利，光帆动力和冲压式动力不屈不挠地推动飞船加速。再加上小犬 α 星的重力加速，飞船的速度已相当接近光速。不过，由于飞船质量的迅速增大，加速度的绝对值已经只有 0.08g 了。飞船开启了旋转系统，以离心力来模拟重力。飞船上的生活环境也随之改变了，船舱的环形舱壁变成了地板，人们的头顶指向环形的中心，而飞船的前进方向正与这个环形垂直。

也可能是太空环境有利于健康，在心脏病发作过一次之后，周涵宇的身体状况很好。按地球年龄算，他已经 120 岁；即使按飞船年龄算，他也 97 岁了，但他一直活得很好。他对两个孩子开玩笑地说：“我那次没说错，飞船的速度太快，死神肯定追不上我了。”

25 岁的晓东和小星快活地说：“是啊，死神肯定没有能力配备光速飞船！爷爷，陪我们把这趟旅行走完吧。”

“好啊，我会尽量做到这一点。”

舱外已不再是枯燥沉闷的暗淡太空。飞船的极高速度造就了从来没有人欣赏过的美景。由于多普勒效应，飞船正前方的星光发生了紫移，而后方的星光则发生了**红移**，它们都外移到人眼看不到的波段，在人的视野中一个接一个地消失。只有与飞行方向垂直的星空，星光的频率（即颜色）保持不变。结果，前后两个方形则成了黑渊，黑渊向飞船的中央扩展，直到只剩下环绕船中央的一条星带。赤橙黄绿青蓝紫，一个美丽的彩虹星环出现了。

不过，这只是多普勒效应产生的结果，实际上还存在着光行差效应，它使彩虹星环逐步向运动前方靠拢，就像在雨中奔跑时雨柱会向前方倾斜。于是，彩虹星环便逐渐爬到飞船的正前方。

飞船每天向着这道璀璨壮伟的星环飞去，但永远追不上它。

这样的美景令人百看不厌，闲暇无事，周涵宇会仰靠在床上，透过飞船前方的舷窗，透过一万吨重冰（重水结成的冰）所凝成的巨大透镜，透过直径 300 千米的磁力收集罩，欣赏着这个美丽的环形彩虹。这时，他觉得一生的辛劳都得到了报偿。

电脑把变形的星空扯平，在屏幕上显示出它的原貌。太阳在飞船的后方，早就变成了一颗普通的星星，不过仍是较亮的一颗。月亮、金星、火

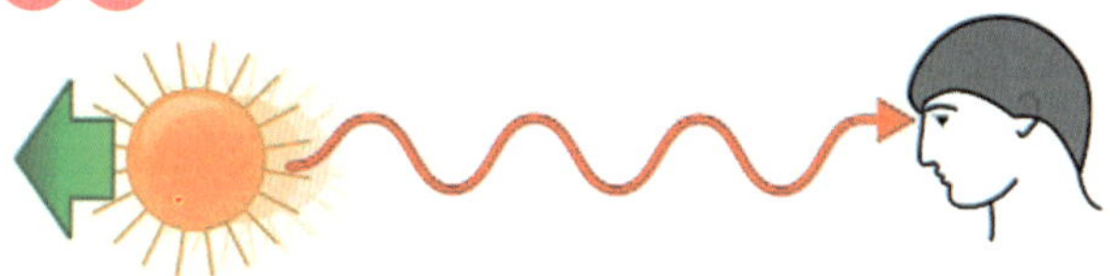

远离观察者而去的天体表现出谱线红移

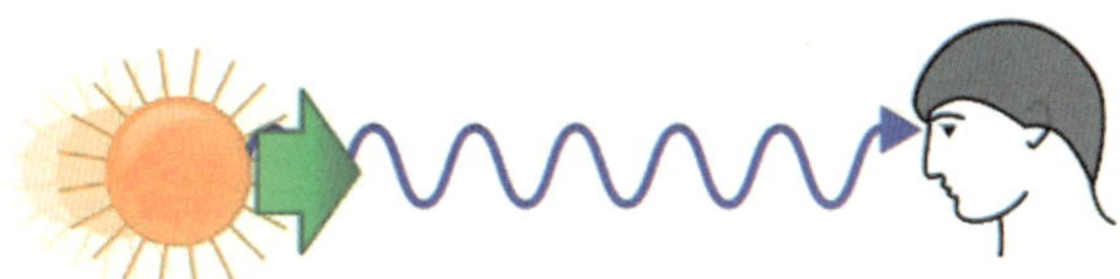

面向观察者而来的天体表现出谱线蓝移

红移效应：是多普勒效应的一个方面。当一个星系向我们远离的时候，这个星系的光谱就会向波长更长、频率更低的红色部分移动，这种现象被称为红移。

星之属当然早已看不见了。刚刚飞过的南河三（小犬 α 星）变成了榛子大小的一颗亮星，闪着耀眼的白光；前方则是北河三（双子座 β 星），它离飞船只有 12 光年的距离，也有榛子般大小，强光耀眼夺目。因为前后都有强光源，光帆无法起作用，所以光帆已收起来了。不过，冲压式动力十分有效，再加上频繁的重力加速，所以飞船的速度仍在快速向光速逼近。

晓东和小星都过了 25 岁生日，晓东肩膀宽阔，喉结凸出，上唇已长出了浓密的胡须。小星也长成了亭亭玉立的大姑娘。这天，两人手挽手走到老人面前，郑重地说，他们要结婚了。

“好啊，”老人喜悦地说，“我总算盼到这一天了。什么时候举行婚礼？”

“就在明天吧。”

“该做些什么准备呢？我希望你们举行一个中国式的婚礼，不过飞船上没有红烛、喜宴和爆竹。”

“一切都准备好了，不用您老操心。不过，您的工作也很繁重的。您要担当主婚人、证婚人、司仪和双方家长。”

“没问题，我会扮好所有的角色！”

飞船上天前，宇航局就彩排了婚礼的场景，把它储存在光盘里。现在，隆重豪华的婚宴在船舱里进行着。身披婚纱的小星挽着丈夫走上前台，政府代表、宇航局代表、国外来宾依次同他们拥抱。天穹上撒下漫天花雨，七彩的激光在空间闪烁。双方的家长幸福满面，人们觥筹交错。

当然，这只是虚拟场景。在真实的飞船里，一对新人按照司仪的礼赞，向父母的位置鞠躬，向主婚人鞠躬，夫妻对拜，然后三人坐在餐桌前。今天的宴席仍是太空流食，只是多了三副酒杯和两瓶茅台酒，那是特意为今天准备的。三人举杯相碰，一饮而尽。一瓶茅台很快见底，三人都有些醉意。老人说：“我太高兴了，太高兴了，我能活着看到你们成家立业。祝你们婚姻美满，早日生下儿女。我的身板儿还硬朗，还能为你们抱孩子呢。”

小星趁着七八分醉意，脱口说道：“可惜咱们的孩子永远不会有同龄伙伴，也不会有游乐场、游泳池和绿草地。”晓东忙制止她，说：“不过他仍然会非常幸福的，他会有一个非常独特的经历。再说，这也是人类为了探索必须付出的牺牲。想想那支跨越白令海峡的蒙古人种部落吧，他们在冰天雪地里不知失去多少孩子，才变成不怕冷的因纽特人？”

老人机敏地扭转了这过于沉重的谈话，笑哈哈地说：“时候不早了，你们两位该入洞房了。我呢，我还要留在这儿慢慢品尝茅台酒。我这一生从没像今天这样喝得痛快。”

一对新人站起来向老人告辞，小星说：“爷爷，不要喝过量了。”虚拟场景结束了，周涵宇老人握着酒杯，但并没有喝酒。突然，他向星环举起酒杯，喃喃地说着什么。

六　远古的梦

这也许是发生在3 000年前的场景。在地球上，在浩瀚的南太平洋海面上，有七八只独木舟在海面上漂流。船上没有帆，那时的人还没有学会

使用船帆的技术；也没有人划桨，因为船上的人早已没有力气了。只有海流不停息地推着独木舟向西飘去。

船上的人有男有女，也有一两个幸存的小孩。他们都半裸着身体，古铜色的皮肤，黑色头发。前边一只独木舟上是巫师萨摩和他的家人，他是这次探险的倡议者。半年前，在篝火前的祭神傩舞中，在嚼食古柯叶造成的虚幻中，他忽然得到了神谕。神说，集合你的族人，驾上你们的独木舟，向太阳落山的方向前行，在遥远的海洋深处有一处肥美之地，树上挂着美味的水果，山上有甘美的泉水，鱼儿会自己跳进你的网中。

于是，萨摩率领全族人离开了他们居住的陆地，即被后人称作南美洲的地方。经过两个多月艰难的航行，他们什么也没发现。船上的淡水早已发臭，连这些发臭的淡水也已被喝完；早就没有了食物，他们只能靠夜里蹦上船的飞鱼略略充饥。人们一个一个得病死去，不少船只落后了，失踪了，只剩下最后七八条船和 20 余人在做最后挣扎。

萨摩的孩子病了 10 天，今天咽下最后一口气。萨摩的女人把孩子小心地抛到水里，尸体很快在船后消失了。女人抬起头虚弱地说："我也要走了，我要跟儿子一块走了。男人啊，你说的肥美之地在哪儿呢？"

萨摩大声说："大神说那片土地就在前边，大神不会骗我们！"他挣扎起来，跪在地上向大神祷告。这次，他没有听到神谕，失望地回转身，忽然瞪大了眼睛：在他们的侧后方，天空中似乎有一只飞鸟！飞鸟离他们很远，在天空与水面连接处飞着。他揉揉眼再看，飞鸟已消失了。

萨摩愣了很久，不知道自己是否看花了眼。但不管怎样，这是他们最后的机会了，于是，他站起身，对后边的独木舟高声喊：

“看啊，大神派飞鸟来迎接我们了！”

他掉转航向，向飞鸟消失的地方划去，船上的人早已奄奄一息，但生的希望激发了强大的力量。他们顽强地划着桨，向着那最后的希望划去。在太阳落山前，他们再一次看到了天空的飞鸟，然后他们看到了一个小岛，看到了岛上的绿树。萨摩喃喃地祷告着，他想肯定是他的虔诚感动了大神，否则他们就会与这座岛域擦肩而过，葬身在无垠的海洋里。

这也许就是南太平洋某个珊瑚礁岛上土著民族的由来。一条血脉之河脱离了主流，在一个蛮荒之地保存下来。

七　双子星湮灭

飞船的速度又向光速逼近了万分之一，现在，飞船上的一天已经等于船外的一年，换句话说，飞船每一天都能轻松地跨越一光年的距离。路遇的恒星不再是稀罕物，每隔几天、几十天，就会有一颗恒星在飞船旁近距离掠过。

三个人常常饶有兴趣地观察窗外的奇景，当然是通过电脑屏幕锁定位置。有时，他们遇见了一只刚从星云中诞生的原始恒星，它以红色的光芒烘烤着围绕它的星云；有时，他们会遇见一对互相缠绕的双子星，因为离得太近，在引力的作用下，其中一只气态星球变成梨形，梨形的尖嘴对着白矮星伴星，恒星的气态物质正通过这个尖嘴被伴星吞食；有时，他们会

遇见红色的饼状星云，它是一颗暗弱的恒星抛洒出来的，在旋转的星云中已能看出几颗行星的轮廓。最常见到的是旋涡状的星云，随着飞船的迅速逼近，淡薄的星云逐渐掀开，眼前是一颗颗发着强光的星体。

这种视野是地球人不可能拥有的，正像那些从未坐过飞机的土著人不可能从天上俯视云层。坐在近光速飞船上，宇宙的变化被浓缩了，可以说他们已拥有了“上帝之眼”。

算来，地球上的时间已过去 1 200 年，他们所有的熟人都早已作古。1 200 年来，地球科技又有了什么发展？他们是不是又向太空派遣了更先进的光速飞船？这些问题无法得到答案，只能供他们遐想。

20 天前，他们在前方的星空里发现了一对双子星。这对双子星个头很小，只有几百千米，光也比较微弱，所以地球上的星图中从没有标注它们。

但电脑图林先生的计算说明，这是密度极大、相距很近的一对中子星，它们周围的重力场是已知星体中最强的。

图林先生提示说，这种重力场极强的双子星是进行重力加速的最好场所，如果能在那儿加速，飞船的速度又将提高万分之一。这个速度与光速是那样贴近，以至于飞船内的一天可抵船外的一千万年。所以，他们可以说已经进入与天地同寿的境界——在一二十年内完成环绕宇宙的航行，同时，目睹宇宙飞速地走向死亡。

他们当然不会放过这次机会。

从发现这对无名双子星的那天起，晓东、小星和电脑图林先生就开始了紧张的计算。前边既是一个机会，也是一个陷阱，弄不好的话，飞船会被强重力场的潮汐作用撕碎，乘员也会死于中子星的强辐射。

他们详细计算了飞船切入的角度和距离，以及飞船重水的屏蔽效果和屏蔽角度。时间过得太快了，每过一天，飞船就向双子星靠近一光年。有时，他们甚至祈盼飞船的速度能减慢一些。

周涵宇在这些事上没办法帮忙，他毕竟没受过系统的高等教育，70 多年来他也曾如饥似渴地学习太空飞行知识，但充其量只能做一个内行的旁观者。在距无名双子星还有一天路程时，他们的计算终于得出了结果。

双子星在电脑屏幕上迅速增大，快速旋转着，既有自转也有公转，每当其中一个星体的转轴指向飞船时，便有强 X 光辐射从飞船上扫过。双子星已经变成月亮大小，谢晓东启动了飞船上的备用动力，调整着飞船姿态，飞船极其迅速地插入它们之间，沿着其中一个星体转了半圈，被离心力沿着抛物线方向甩了出去。

这个过程持续了两个小时，但在飞船上只是几秒。在这几秒里，三个人都失去了重力，随着飞船在做自由飘浮。等飞船重新恢复直线飞行时，晓东和小星互相拥抱着大声欢呼起来：“成功了！爷爷，我们成功了！”

经过这次加速，飞船上的时间已接近了静止，所以，几乎在眨眼之间，飞船已飞离双子星 10 光年。他们静下心，从屏幕上观察双子星的运动。

与他们的预测一样，在飞船飞离之后，双子星的公转速度明显减慢了。因为近光速飞船具有极大的质量，在这次加速中，飞船从中子星重力场窃走了巨大的能量，导致中子星的转速明显降低。于是，两颗中子星沿着两条螺线互相靠近。这个过程拖了几十年的时间，但在飞船上仅仅是一刹那。

刹那之后，两颗中子星相撞，激起一场骇人的爆炸，这里霎时间成了宇宙中最亮的地方。白光以不可阻挡之势向四周扩散，也从后边凶猛地追赶着“夸父号”飞船。

按照爱因斯坦相对论所揭示的奇特规律，对于近光速飞行的飞船来说，这波强光风暴仍是以光速向它逼近，在60光年后追上了“夸父号”。尽管由于极端的红移效应，强光变成不可见光，但它的能量仍是实实在在的。“夸父号”的太阳帆被彻底摧毁了，好在飞船本身没有受伤。

三名乘员紧张地看着屏幕，通过电脑的校正，红移光线在屏幕上恢复了原状，于是他们看到了铺天而来的强光的洪流，飞船整个沐浴在白光之中。白光撕裂了光帆，又裹着光帆飞速向前飞去。

很快，强光的洪流掠过飞船，消失在飞船前方。

八　弥留

双子星湮灭之后，周涵宇也进入了慢性死亡的阶段。这次，他不是心脏病发作，也没有得任何病症，只因他的生命力已经燃烧净尽。他不再进食，不再离开床铺，身躯迅速消瘦，只有思维还很清晰，一双眼睛像是冬夜的火炉，似乎他全身仅存的生命力都在瞳孔中燃烧。

晓东和小星终日守候在床前，耐心地、柔声细语地劝他：“爷爷吃一点饭吧，您说过要陪我们走完环宇航行，您还说要帮我们带孩子。爷爷，您不能失信呀。”

老人内疚地说：“恐怕我要失信了，我已经累了，想休息了。按飞船年龄，我已经 102 岁；若按地球年龄呢，应该是多少？”

晓东说：“现在飞船的速度与光速非常非常接近，接近得飞船上的测速系统已失去了意义，所以无法得出准确的时间速率。按估计，现在飞船上的一天已相当于飞船外的 1 100 万年。累计起来，从飞船升空到现在，地球已过去 34 亿年了。”

老人说：“你看，我已经是 34 亿零 102 岁的老怪物了，我真的该休息了。”小星机敏地反驳：“这可不是理由，我和晓东也都是 34 亿零 30 岁的老怪物了，您看，咱们基本上是同龄人哩。还有我腹中的小宝宝，他只有四个月大，但也相当于飞船外的 12 亿岁老人，也是个老怪物呢。”

虽然身体已很虚弱，但老人仍不禁一笑。的确，生活在近光速飞船上，日子仍按正常节律那样度过，就真的很难想象飞船外那个比蜗牛还慢的世界。现在，飞船上的人几乎已得到了永生，但他已无福消受了，他就像战争结束前牺牲的最后一个军人。

不过他不后悔，一点也不后悔，他侧过头看看屏幕，一颗接一颗的恒星在屏幕上闪过，就像火车线旁的电线杆，因为，在飞船上的一声“滴答”中，飞船已飞过了几百光年啊，他问孩子们：“34 亿年了，太阳是否已变成红巨星？地球是否已被红巨星吞没？”

晓东安慰他：“不，太阳还不到变成红巨星的时刻。再说，谁知道 34 亿年后的人类发展到什么程度？真是难以想象，也许他们派出的后续部队已在前边的路上等着我们哩。”

老人不再说话，闭上了眼睛，思绪已经飞回地球。晓东和小星不愿打扰他，轻手轻脚地离开老人的房间，两人低声商量着，该为老人准备后事了。

正在这时，飞船内响起刺耳的警铃，飞船的侧喷管突然自动点火，向左侧喷出炙热的火焰。飞船陡然向右急转，两人措手不及，全都跌倒在地。晓东立即爬了起来，四肢着地地向老人房间爬去。老人果然也被甩到地板上，幸而没有受伤，他把老人揽到怀里，老人睁开眼，声音微弱地问："怎么了？"

这时，突然传来电脑图林先生急促的声音："船长！航程正前方1万光年处发现了一个黑洞，我已让飞船紧急转向！"

"做得好，谢谢你。"

晓东和小星都暗自庆幸，1万光年，普通飞船要1万年后才能到达——但对于近光速飞船来说，这只是8.7秒的时间。飞船内外的时间差使得飞船上的人，甚至电脑都变成了反应奇慢的树懒，对航程中的陷阱很难及时做出反应。这会儿，飞船勉强绕了一个弯，从黑洞旁掠过。飞船的观测系统在近距离内观察到了这个黑洞，它和一颗白热的恒星形成双星系统，并被恒星所照亮。黑洞吞噬着周围的物质，形成巨大的吸积盘。由于黑洞造成的强烈的空间畸变，使得盘的上下面都能被一个观察者同时观察到！这种多重成像的堆积使得吸积盘看起来像一个奇特的草帽，草帽的前部非常明亮，草帽凸起部则隐藏着一个半球形的黑体。

"飞船已绕过黑洞，请问是否转回原航向？"图林先生解释道，"如果再次点火，飞船的重氢存量将无法满足今后的减速。"

这也就是说，就算以后能回到地球身边，他们也不能停下，而只能从地球旁边飞速掠过了。晓东看看小星，没有犹豫：“点火吧。首先我们要保证能回到正确的航线。”

另一侧喷管点火，飞船缓缓地向左转弯，回到了原来的航向。

老人已陷入昏迷，脉搏极为微弱。两人轮流守在床边，轻声呼唤着他。夜里，老人忽然睁开眼睛，清楚地说道：“孩子们，我要走了。”

晓东和小星知道他的生命已不可挽回，便轻声告诉他，飞船上已准备了一具棺木，他的遗体将密封在棺木里，系缆在飞船外壳上。在飞船外零下 270 度的寒冷中，遗体将被妥善冷冻，直到飞船返回地球。老人很欣慰，一波笑纹从脸上漾过：“谢谢你们的安排。我先回去了。”

他永远地闭上了眼睛。

九 童话

周涵宇的灵魂已脱离了躯壳，离开飞船，逆着来路向前摸索，就像一只循着气味寻找旧宅的老猎犬。

灵魂的旅行大概不受光速的限制吧。

他生长在内陆的小县城，17 岁前没见过大海，所以不像海洋民族的孩子那样对大海有强烈的向往：无垠的海面，水天连接处的轮船，海鸥在天空搏击，招潮蟹在沙滩上横行，就连小小海贝那闪着珍珠光泽的内壳里都

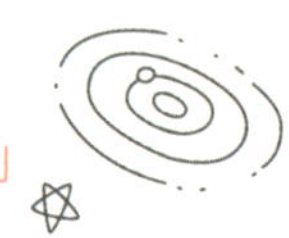

蕴藏着大海的秘密……他没有对大海的直观感受，但他另有地方寄托遐思、激情和幻想，那就是比大海更为浩瀚深邃的天空。

他曾躺在家乡的小山包上唱儿歌，“青石板上钉银钉，千颗万颗数不清”；也曾在葡萄架下听老人讲牛郎织女的故事。小学二年级时，一位去北京天文馆参观的同学给了他一张活动星座图，这份价值一元的制作粗糙的礼物成了他的最爱。活动星座图是可以旋转的两个同心圆盘，上面一张留有一个椭圆形的透明窗口，旋转这个窗口，就能看到冬夜、春夜、夏夜和秋夜的星座。他对这张图十分着迷。夜里只要有闲暇，他就把图举过头顶，逐个寻找天上的星星：天鹰座 α 星（牛郎星），天琴座 α 星（织女星），大熊星座（勺星），小熊星座（北极星），天顶处美丽的北冕星座，蜿蜒绵亘的长蛇星座，还有猎户星座的三星，半人马座的南门二（那是离地球最近的恒星）……待到星座图用坏，他已经把所有的星座烂熟于心。

童年一份偶然的礼物是能影响一个人的一生的，从此他和宇宙星空建立了深深的恋情，而且从没中断或减弱。中学时代，他了解了爱因斯坦的超圆体宇宙论，这奇妙的理论令他心醉——只是，为什么没有人像麦哲伦那样，以亲身的旅行来证实它呢？

他为这个少年的奇想耗尽了人生。“夸父号”正在环绕宇宙飞行，航行还没有结束，只是他的力量已用尽了，他该休息了。他曾那么急切地盼望着飞出地球，现在他以同样的急切盼着飞回去。

人的思维恐怕也是一个超圆体吧。

十　送葬

周涵宇平静地去世了，脸上凝着恬然的微笑。

尽管早有心理准备，晓东和小星仍然很悲伤。三人世界倒塌了，那个充满激情的、阅历丰富的老人走了，再不能给他们讲述老地球的故事了。

两个人细心地操办了老人的丧事。他们为老人净身，换上寿衣，把老人的遗体放在棺木里，垫上元宝枕。飞船里没有备香烛，两人便在灵前装上两颗灯泡作为长明灯。在晚上的例行通话中，他们向地球通报了老人的死亡（当然这些通话不可能被几十亿光年之外的地球收到）。停灵三天后，两人最后一次向老人告别，然后扣紧了棺盖。

晓东穿上太空服，推着棺木进了气密室。外门打开了，由于旋转船舱的离心力，棺木自己沿切线飞了出去，一根保险索飘飘摇摇地扯在棺木之后。晓东追了上去，把棺木牢牢地连在船舱外壁上。零下 270℃的酷寒将很好地保护着这具遗体，直到飞船返回地球。

晓东抚摸着棺木，轻轻叹了口气。他没有告诉老人，躲避黑洞耗尽了能源，飞船已经无法减速，也就是说，即使他们能返回地球，而且地球仍安然无恙，他们也只能与地球擦肩而过，永远无法叶落归根了。

这是晓东的第一次太空行走。由于太空行走必然造成气体的漏泄（对于无法取得补充的光速飞船，船上的氧气是十分宝贵的），又容易使太空人遭受辐射，所以在一般情况下，他们不会打开飞船的舱门。今天是特殊情

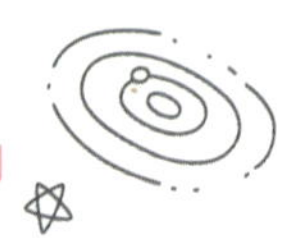

况。他是以光速在太空中行走的第一人，也可能是唯一的一人。

他贪婪地观察着飞船外的太空。

经过昨天黑洞的重力加速，飞船的速度又向光速逼近了。他看着飞船前方的彩虹星环，忽然发现它的光度大大减弱了。这可能是几天前就发生的事。但他们忙于躲避黑洞和为老人送葬，忽略了这一点。

这是怎么回事？星环的亮度仍然在显著地减弱，一分钟一分钟地减弱，他猛然想到了这种变化的原因。他不敢多做停留，在心中同老人告别后，便迅速返回气密门内。

狄小星正坐在驾驶椅上观看屏幕，也发现了舱外的异常。她看了看丈夫，在无言的交流中两人明白了一切。屏幕上是经电脑复原的太空，飞速掠过的恒星形成不间断的光流，但现在光流逐渐暗淡。这一切都是在逃离黑洞后的 30 天内发生的，在这 30 天内，舱外的宇宙走完了最后的几亿年里程，宇宙之光开始熄灭了。狄小星抚摸着肚子中八个月的胎儿，偎依在丈夫怀里，忧伤地观察着屏幕。

他们使屏幕暂停，一帧一帧地回溯倒看——光流复原成恒星，一个个互相逃离，并暗淡下去，在发出最后一道光之后便归于熄灭。不过，恒星全部熄灭之后，宇宙背景并没有变成漆黑一团，因为不会衰老的光速粒子（光子和中微子）脱离光源之后还在超圆体宇宙中永不停息地奔波，照亮了宇宙消亡后留下的太空尘粒。

谢晓东说：“小星，我们看到的是正在灭亡的宇宙，一个无限膨胀的热寂宇宙。”

“是的。”

“我们是从一个静止的时间码头去观察宇宙的飞速流逝。”

“是的。”

“我们是这个宇宙唯一的幸存者，因为我们是宇宙唯一的光速实体。”

“是的。”

“小星，我在想，上帝最可怜，因为他太寂寞了啊。”

小星仰起头吻了吻丈夫，“晓东，不要太感伤了，孩子快出生了，我们陪着孩子等待宇宙的再生。一定会很快的，等恒星重新闪亮时，也许孩子还没满月哩。”

谢晓东笑了：“你说得对，这倒使我想到了一个好名字，咱们的儿子就叫——耶和华吧。”

小星马上接道：“耶和华说：‘要有光’，就有了光。”

两人笑着拥在一起，额头顶着额头。

十一　永远的老地球

两个月之后，一个男孩呱呱坠地。夫妻两人按照那一天的玩笑，真的把他取名为耶和华。不过这位“耶和华”与圣经上那位高鼻深目、长发披肩的老人可没有丝毫相似之处——他脸蛋皱巴巴的，皮肤粉红，小手小脚，不过哭声倒是凶猛而嘹亮。

晓东和小星都忙于照护孩子，已顾不上注意飞船外的情景。又是几亿

年过去了，宇宙丝毫没有复苏的迹象。光速粒子仍在不知疲倦地奔波，但随着宇宙的膨胀，这锅“粒子汤”越来越寡淡，舱外越来越黑暗。宇宙的黑夜已降临，只是不知道是否有明天的日出。

小星的奶水很好，耶和华吃饱了，满足地打着哈欠。妈妈心醉神迷地看着他，逗弄着他的小耳垂、小鼻子，有时会喜悦地喊：“晓东，你看，他在吮我的手指头呢。”晓东也在品尝着初为人父的喜悦，但喜悦之中难免有些悲凉。他们三个很可能是浩瀚宇宙中仅存的生命体。虽然飞船上的能量在躲避黑洞时用去大半，但剩余能量用以应付飞船所需还是绰绰有余，至少可用 100 年。那相当于飞船外的万亿年，时间真是不可思议的漫长——可是，在 100 年后呢？再说，难道他们一家就这样孤零零地永远活下去？

那恐怕会让人发疯。

每天晚上，谢晓东依然同地球通话，报告近况，包括儿子的近况。当然，这纯粹是象征性的。现在已不是地球收到收不到电波的问题，而是根本没有这么一个老地球了。

但晓东依然每天如故。他绝对想不到，自己的努力会感动上帝，给他送来一份丰厚的回报。

耶和华可不管舱外的天翻地覆，照样慢条斯理地皱眉，哭泣，吃奶，撒尿——一泡尿的期间，千百万年又过去啦！幸亏有了小耶和华，夫妻两人忙着照顾他，已忘了对宇宙灭亡的感伤。既然感伤也无用，那就索性抛开它，全力倾注在耶和华身上吧。

这天，耶和华第一次睁开眼睛，向这个世界投去茫然的一瞥。年轻的父母很兴奋。晚上通话时，他们还没忘记把这个喜讯告诉地球。很奇怪，谢晓东忽然听到了微弱的呼唤：

"地球呼唤'夸父号'！地球呼唤'夸父号'！"

声音酷似周爷爷的声音。真像是白日撞见鬼，谢晓东惊得几乎跳起来。正在逗弄孩子的狄小星也听见了这两声呼唤，惊讶地转过头。

呼唤声仍在继续："地球呼唤'夸父号'！你们2098年10月14日18时4分30秒发来的通话我们已收到。"

他们收到的是10天前的电波，按飞船上的时间推算，两者相距不足1亿光年。就像久居暗室者不敢见阳光，两个人不敢相信这个喜讯。舱外的宇宙已进入茫茫黑夜，万物皆已消亡，难道唯有地球长存吗？看来对方也十分了解这边的心理，开始做出解释：

"'夸父号'乘员，我们仍使用古人类语言与你们通话。我们在模仿周涵宇老人的口音，根据时间估计，老人肯定已去世。我们谨以此表达对他深深的敬意。

"可能你们会奇怪，何以宇宙热寂后地球还会存在，其实这多半得益于你们的伟大创举。'夸父号'升空10年后，就有人提出了'光速地球'的设想；又经过漫长的180万年，这个设想终于实现。所以地球和'夸父号'一样，也变成了几乎不会衰老的光速实体……"

光速地球！两人惊喜得大叫起来。耶和华受到惊吓，响亮地哭起来。那边继续说道："6个月前，也就是宇宙时间18亿年前，地球曾偶然接收到你们的信号，不过信号随即中断。从那时起，地球就投入全力寻找你们……"

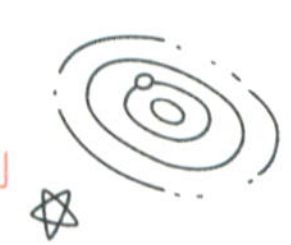

晓东和小星互相望望，紧紧拥抱，酸甜苦辣各种情绪一下子涌上心头。他们在明知无望的情况下坚持通话，这种宗教般的热诚终于有了回报。

“现在请立即改变方向，向地球方向靠拢！”

谢晓东迅速测定了电波的方向，向图林先生下了转向的命令：“飞船只留下三天的能量，其余全部用于转向！”

飞船侧喷管喷出绚丽的火舌，飞船缓缓转弯，在黑暗的宇宙中向地球方向靠拢。

那边的声音忽然提高：“‘夸父号’飞船，我们刚刚收到了你们10月15日晚7时30分的通话。地球与‘夸父号’只有两个小时——当然指飞船时间——的距离了！”

地球上的通话者十分激动，飞船上的人更不用说。他们这会儿最感谢的是爱因斯坦，使远隔几千万光年的人很快就可以在两个小时中相逢。狄小星频频亲着耶和华，孩子，孩子，地球马上来了，我们马上要回地球了！

亲爱的老地球啊！

地球和飞船的距离正在迅速缩短，现在，尽管回电仍有延迟，但双方已能勉强地对话了。

那边忽然笑道：“我听到了孩子的哭声，是耶和华的哭声！我还忘了恭喜你们呢！”

“谢谢！谢谢！”

在此后的对话中，谢晓东迫不及待地询问着有关地球的一切。对方告诉他，飞船现在所在的方位已离太阳系的原位置不远了。虽然在恒星消亡后，宇宙失去了定位的标志，但地球已研发出新式的空间定位技术。“顺便告诉你，宇宙超圆体理论早已得到验证，在‘夸父号’升空的 10 万年后，地球派出了性能更为优异的‘夸父 2 号’，并早于你们返回地球。很可惜‘夸父 2 号’没有遇到你们。”

谢和狄苦笑着说：“那我们的努力不是白费了吗？”

“没有白费，怎么能说白费呢。你们难道认为蒙古人种对美洲的史前探险是没有意义的吗？”

“谢谢你的安慰，我们不会沮丧。至少，能返回地球这件事就足以补偿一切。对了，还没请教你的姓名呢。”

对方略微迟疑一下：“你们不妨称我周先生。我想应该告诉你们，比你们多进化了 180 万年的地球人类早已不是原来的模样了。我们的外形，智力形式，婚姻生殖方式，进食方式，乃至姓名，衣着，都是你们无法想象的。现在的人类处于共生态，你们所熟悉的单独的个体已不存在。所以，”他半开玩笑地说，“在你们走下飞船前，请预先做好思想准备。”

谢晓东看看妻子，多少带点勉强地笑道：“即使你们变成多足蠕虫，我们也会很快习惯的，反正我们知道你们是地球人类的后代，是地球文明的继承人，而且，你的这些话多么富于人情味儿！”

对方也笑了：“当然当然。尽管有了巨大的变化，我们仍是人类呀。”

谢晓东和妻子对视，没有就这个话题往下说。他们的心里多少是有些担忧的。回到 180 万年后的人类社会，是不容易适应的。但他们也很快找到了自我安慰的理由，毕竟，这比回到 500 亿年后的人类社会要强得多吧。

依电波的往返时间测量，地球离这儿已经很近了。对方说：“请你们

打开所有的照明，好吗？地球现在已将所有的灯全部点亮，准备与你们会师。”

狄小星突然惊喜地喊：“看哪！”

在黑暗的宇宙背景中，忽然钻出一个小小的亮点，像针尖一样刺破黑暗。亮点极其迅速地扩大，很快变成了圆盘，变成了巨大的亮球，占据了半边天空。它是这样璀璨，这样耀眼，看起来像一个透明的发光体。地球继续逼近，白亮的强光中开始分解出绿色和蔚蓝，绿色无边无际，蔚蓝无垠无限。绿色和蔚蓝之中是高与天齐、奇形怪状的建筑物，在建筑物的上方，是一个环绕整个地球的透明的天球。天球并不是绝对透明，上面流淌着七彩的云霞，缓缓扩展，变幻，消失，重生。两人入迷地看着，总觉得这些云霞的变化似乎和他们有心灵感应。

谢晓东也打开了飞船上所有的灯，当然比起地球来说差远了，微弱得就像是皓月之下的一只萤火虫。但在黑暗的宇宙中，有这么两个发光体互相呼应，足以在人的心里激发出一种温馨的感觉。光速飞船和光速地球现在并肩飞行，两者速度差别很小，所以基本上处于相对静止。飞船进入地球的重力场，飞行方向开始向地球倾斜。

地球上的那位先生说：“‘夸父号’，请开始降落吧。”

地球的透明罩有一处打开了，露出一个圆形孔洞，孔洞对着一个巨大的十字，那是飞船降落的基准。

谢晓东说：“四天前我们为躲避一个黑洞，耗尽了能量，现存的能量已不足以降落了，我想，你们得派一艘救护飞船。”

“不必要，我们已在降落场开启了反重力装置。”

“反重力装置？”

“对，反重力装置，你尽管大胆地朝十字中心冲过来吧。”

谢晓东心中忐忑着，用仅余的能量调整航向，向着十字中心冲去。在重力作用下，飞船的下降速度越来越快，但在越过地球的透明罩之后，速度忽然稳定下来。现在，他们就像乘坐着高速电梯，平稳匀速地下降。舱外景色美不胜收。越过透明罩盖之后，飞船进入松软洁白的云层，几艘形状奇特的飞行器完全不顾重力规则，在天空中疾速飘移。天空的辉光拼成通天彻地的大字：欢迎“夸父号”的英雄们归来！然后是建筑物，它们有的在空中飘浮，与地面没有任何联系；有的从地面长出来，探头在云层中，随着微风轻轻摇摆，这些奇特的建筑超出了两人的想象力。谢晓东忽然想到一个问题：“周先生，恒星都熄灭了，地球从哪儿索取能量？”

对方简捷地回答：“能量是可以创生的，只要把伴生的负能量及时处理掉就行。等你们回到地球再补课吧，180 万年的进步不是三言两语能说完的。再次提醒你们，地球人的外形已有了很大变化，你们见到欢迎人群时不要吃惊。”

夫妻二人对望一眼，不知怎的，他们始终对此心怀忐忑。当然，新地球人绝不会有任何恶意，但以后要生活在异类生物中——这事始终让人别扭。

谢晓东勉强笑道：“我们已做好思想准备啦，不必担心。噢，对了，飞船外系缆着周涵宇先生的遗体，请你们小心。”

“不必担心，反重力场万无一失。”

飞船平稳减速，落在降落场上。两人心潮激荡，激情难抑，时隔 12 年

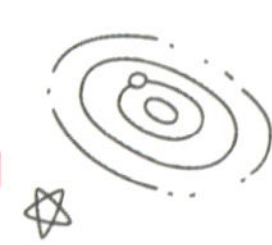

之后，或者说，时隔 470 亿年之后，他们终于要踏上地球的土地了！耶和华可不管大人的感受，他刚咂完奶，闭着眼睛，睡得十分香甜。小星抱上他，丈夫搂着她的腰身，一同走出了飞行舱。

在他们看到欢迎人群前，首先看到的是三个人：白须飘飘的周涵宇老人，身边偎依着两个 16 岁的少年航天员，那当然是他们两个。三个人脸上漾着灿烂的微笑，频频向他们招手。晓东和小星稍稍愣了一下，难道地球人的高科技把周涵宇老人复活了？又为他们克隆了两具替身？不过他们随即就明白了。那三人站在一个高高的基座上，上身可以动，但脚下不会动，他们的身躯也比正常人大了几倍。看来，这是地球人为纪念“夸父号”船员所修的塑像，不过塑像在某种程度上是活的。

两人定定地看着老人，心中甘苦交加，他们真想扑到老人怀中去哭去笑，想把怀中的耶和华递到老人怀里，让老人亲亲他光滑柔嫩的小脸蛋。之后，他俩才看到雕像基座旁的欢迎人群——天啊，180 万年后的后代竟然是这么一种模样！不过，他们没犹豫，走下舷梯，向那群姿态各异的生物快步走去。